Colleen Hoover

NUR NOCH WENIGE TAGE

SAINT & THE DRESS. ZWEI STORIES

Colleen Hoover ist nichts so wichtig wie ihre Leserinnen. Seit der Veröffentlichung von »Weil ich Layken liebe« hat sie eine riesige Fangemeinde. Inzwischen ist sie die erfolgreichste Autorin der Welt und stürmt mit all ihren Romanen die Bestsellerlisten. 2023 wurde sie auf die Liste der 100 einflussreichsten Menschen der Welt des »Time«-Magazins aufgenommen. Colleen Hoover ist Initiatorin und Herausgeberin des Charity-Projekts »Bookworm Box«, für das sie die vorliegenden Geschichten geschrieben hat. Colleen Hoover lebt mit ihrem Mann und ihren Söhnen in Texas.

COLLEEN HOOVER

NUR NOCH WENIGE TAGE

SAINT & THE DRESS. ZWEI STORIES

Aus dem amerikanischen Englisch
von Katarina Ganslandt

dtv

Dieses Buch behandelt Themen, die potenziell belastend wirken könnten. Leserinnen und Leser, die auf solche Themen sensibel reagieren, mögen dies bitte zur Kenntnis nehmen.

MIX
Papier | Fördert gute Waldnutzung
FSC® C083411

»Saint« ist eine Kurzgeschichte aus der
Bookworm Box-Anthology »One more Step«,
erschienen 2020 in den USA.
»The Dress« ist eine Kurzgeschichte aus der
»Bookworm Box«-Anthology» Two More Days«,
erschienen 2021 in den USA.

Umschlaggestaltung: ZERO Werbeagentur GmbH
Umschlagmotive: shutterstock.com / Anna Om, Green Men, CHIEW
Satz: Uhl + Massopust, Aalen
Druck und Bindung: CPI books GmbH, Leck
Printed in Germany · ISBN 978-3-423-28481-3

SAINT

1

Es ist nur ein einziger Schritt, aber
sie weiß, er wird den sicheren Tod
bedeuten.
Nicht buchstäblich, nicht Reyas Tod,
aber definitiv den ihrer Moral, ihrer
Werte ... ihrer Ehe. Und trotzdem geht
sie ihn, geht ihn im vollen Bewusstsein
der Folgen, geht diesen einen Schritt in
Cams geöffnete Arme.
In die Arme, die den Tod besiegeln.

Ich lese die Sätze, die ich eben getippt habe, und weiß, dass ich sie ziemlich sicher morgen früh wieder löschen werde. So läuft es bei der Arbeit an meinem aktuellen Roman schon von Anfang an. Bisher ist fast alles, was ich am einen Tag geschrieben habe, am nächsten der Löschtaste zum Opfer gefallen.

Wenn das so weitergeht, muss ich einen ganzen Monat

hierbleiben. Nicht, dass das eine Strafe für mich wäre. Ich liebe die Einsamkeit. Schon immer. Deswegen ziehe ich mich alle paar Monate aus dem hektischen Sacramento in diese ruhige Hütte am Waldsee zurück, wo ich meine Stadthaut abstreifen kann. Das nimmt mir auch etwas von dem schlechten Gewissen, das ich habe, weil ich das Land, auf dem ich aufgewachsen bin, gegen die Großstadt eingetauscht habe.

Ich trinke mein Glas Wein aus und beschließe, für heute Schluss zu machen, als mein Laptop einen Klingelton von sich gibt und das Videocall-Fenster aufploppt. Ich freue mich, dass es Candice ist – meine Autorenkollegin und gleichzeitig beste Freundin. Seit wir beide vor fünf Jahren mit dem Schreiben begonnen haben, lesen wir gegenseitig die Rohfassung unserer Texte, tauschen uns über unsere Arbeit aus und machen uns Mut. Mittlerweile haben wir uns jeweils schon etliche Male davor bewahrt, zu verzweifeln und alles hinzuschmeißen.

Obwohl ich erst seit drei Tagen in der Hütte am See bin, ist es schön, ein vertrautes Gesicht zu sehen. Candice strahlt mir hellwach aus dem Laptop entgegen, dabei ist es hier in Kalifornien gleich Mitternacht und in New York sogar noch drei Stunden später.

»Was ist los?«, frage ich. »Ich hätte gedacht, du schläfst längst?«

»Alles gut.« Auch ihre Stimme klingt für die späte Uhrzeit erstaunlich munter. »Ich hab nur gerade das Wort ENDE getippt und brauche jemanden, der mich feiert.«

»Hey!« Das erklärt natürlich, warum sie so aufgekratzt ist. Sie hat das gesamte letzte halbe Jahr an ihrem Roman gearbeitet. »Herzlichen Glückwunsch!« Ich freue mich für sie. Okay, ein klitzekleines bisschen neidisch bin ich auch, aber hauptsächlich freue ich mich.

»Danke.« Ihre Augen leuchten. »Sollen wir live gehen?«

»Ich weiß nicht«, sage ich widerstrebend. »Sehe ich sehr furchtbar aus?«

»Du könntest gar nicht furchtbar aussehen, selbst wenn du wolltest«, beruhigt mich Candice. »Dann gehe ich jetzt auf Splitscreen und in zehn Sekunden live, okay?«

Ich fahre mir mit den Zeigefingern schnell am unteren Lidrand entlang, um eventuell verschmierte Wimperntusche wegzuwischen. Aber eigentlich sind unsere Leserinnen daran gewöhnt, dass wir auch mitten in der Nacht live online sind und deswegen öfter mal nicht so frisch aussehen. Früher waren unsere Social-Media-Kanäle ziemlich unterentwickelt, aber seit wir irgendwann angefangen haben, unsere Arbeitsgespräche zu streamen, ist die Zahl unserer Follower extrem in die Höhe geschnellt. Es gibt Kolleginnen und Kollegen, die uns zusehen und es wahrscheinlich tröstlich finden, sich in den Schilderungen des mühseligen täglichen Schreibprozesses wiederzuerkennen. Aber hauptsächlich klinken sich

Fans ein, um lange vor der Veröffentlichung schon mal erste Einblicke in unsere nächsten Bücher zu bekommen. Wer kein Problem damit hat, ein bisschen gespoilert zu werden, kann sich bei uns auf exklusive Previews freuen.

»Noch drei Sekunden«, verkündet Candice.

Ich springe schnell vom Küchentisch auf und knipse das Deckenlicht an, damit mein Bild nicht so dunkel ist. Als ich mich wieder setze, sind wir schon live. In der Anfangsphase war ich immer ziemlich verkrampft, aber mittlerweile streamen wir so oft – teilweise sogar zweimal pro Woche –, dass ich mir gar keine Gedanken mehr mache. Häufig vergesse ich ganz, dass uns da draußen Leute zuschauen, und es fühlt sich an wie ein ganz normaler Videocall mit Candice.

»Wie läuft›s bei dir so?«, fragt sie.

Ich zucke mit den Schultern. »Bisher bin ich kein bisschen vorangekommen. Das ist jetzt mein dritter Tag in der Seehütte, und ich hab gerade mal eine einzige Seite geschafft.«

»Willst du darüber reden?«

»Ehrlich gesagt wollte ich gerade ins Bett, als du angerufen hast. Ich hab mein Gehirn für heute schon schlafen gelegt.«

»Echt?« Candice schiebt die Unterlippe vor. »Ich hatte gehofft, du schickst mir die ersten ein oder zwei Kapitel, damit ich mir einen ersten Eindruck von deinem heißen Cop machen kann.«

Ich lächle. »Du bist süß, aber ich muss dich enttäuschen. Bis jetzt kriege ich überhaupt keinen Zugang zu der Story und den Figuren.«

»Sei nicht so streng mit dir, Megan.«

»Ich bin leider meine strengste Kritikerin«, gebe ich zu.

Candice verdreht die Augen. »Hast du wenigstens schon Namen für die beiden?«

»Ja, so weit bin ich immerhin. Mein Hot Cop heißt Cameron, wird aber meistens Cam genannt. Die Protagonistin heißt Reya.«

»Cam und Reya«, wiederholt Candice. »Gefällt mir. Bleibt es bei der heimlichen Affäre?«

»Ich denke schon. Keine Ahnung. Aber vielleicht ändere ich das auch noch.«

»Nein! Bloß nicht.« Sie beugt sich zur Kamera. »Du hast es mir versprochen, Megan. Ein Love Triangle gab es bis jetzt bei dir noch nie.«

»Es ist nicht so einfach, über etwas zu schreiben, das man nicht aus eigener Erfahrung kennt.«

»Quatsch«, sagt Candice lachend. »Die Prota von deinem letzten Roman hat sich in den Tierarzt ihres Hundes verliebt, dabei hast du noch nie in deinem Leben einen Hund gehabt.«

»Und genau das ist mein Problem«, seufze ich. »Mehrere Rezensentinnen fanden das total unrealistisch.«

Candice schüttelt den Kopf. »Erstens: Negative Rezensionen solltest du sowieso nicht lesen. Und zweitens: Leute, die ein Buch nicht mögen, behaupten immer, der Plot wäre unrealistisch. *Ich* fand alles sehr realistisch.«

»Du hast aber auch keinen Hund«, sage ich.

Candice hebt die Hände. »Okay, du hast gewonnen.«

Ich wünschte, ich könnte den vielen Fünf-Sterne-Rezensionen mehr glauben als den wenigen Verrissen, aber im Gegensatz zu Candice schaffe ich es nicht, die kritischen Stimmen zu ignorieren.

Sie lacht wieder. »Hey, vielleicht solltest du dir einen heimlichen Liebhaber zulegen, damit du die Emotionen deiner Figuren wirklich bis ins letzte Detail realistisch beschreiben kannst«, schlägt sie vor. »Such dir einen verheirateten Mann, der dich an deinen heißen Cop erinnert, und zerr ihn in dein Bett.«

Ich lache mit, obwohl es mir vor den Leuten, die uns da draußen zuschauen, ein bisschen peinlich ist. »Und wo bitte soll ich meinen heißen Cop finden, wenn ich mitten im Nirgendwo in einer einsamen Hütte hocke?«

Candice grinst. »Geh irgendwo hin, wo es weniger einsam ist. Setz dich zum Schreiben in ein Starbucks. Polizisten holen sich ständig Kaffee.«

»Vielleicht solltest du jetzt lieber schlafen gehen«, sage

ich. »In New York ist es ganz schön spät – beziehungsweise früh.«

»Wir haben ungefähr zweihundert Fragen in der Pipeline«, sagt Candice. »Lass uns wenigstens ein paar davon noch schnell beantworten, danach gehe ich ins Bett.« Sie scrollt in den Kommentaren. »Ha. Die passt perfekt«, ruft sie im nächsten Moment. »*Seid ihr der Meinung, dass man als Schriftstellerin eine Situation, über die man schreibt, persönlich erlebt haben muss, um die Emotionen der Charaktere authentisch wiederzugeben?*«

Candice schaut erwartungsvoll in die Kamera. Anscheinend soll ich die Frage beantworten. Ich lehne mich zurück und verschränke die Arme, während ich nachdenke.

»Na ja, ich hoffe nicht, dass es ein Muss ist«, sage ich und seufze dann. »Andererseits ist *Schreib über das, was du kennst* einer der häufigsten Ratschläge, den man als angehende Autorin zu hören bekommt. Trotzdem glaube ich nicht, dass ich Gefühle nicht realistisch beschreiben kann, wenn ich sie nicht genau so selbst erlebt habe. Hm, obwohl ... Tja, darüber denkt wohl jeder mal kritisch nach, der schreibt.«

»Ich nicht«, behauptet Candice und liest die nächste Frage vor: »*Wärt ihr bereit, persönlich zu erleben, was ihr eure Protagonisten in eurem aktuellen Buch durchleben lasst, wenn ihr die Möglichkeit dazu hättet?*« Sie grinst. »Definitiv Ja.

Gerade heute habe ich einen Roman über einen Eishockeyspieler fertig geschrieben, der sich in seine Agentin verliebt. Zwischen den beiden gibt es ein paar spicy Szenen, die ich sofort persönlich durchspielen würde. Wie sieht es bei dir aus, Megan?«

»Absolut.« Die Vorstellung, einen heißen Cop kennenzulernen und eine stürmische Affäre mit ihm anzufangen, klingt definitiv verlockend. »Ich bin bereit, alles zu tun, um noch bessere Bücher zu schreiben.«

Candice liest die nächste Frage vor, und wir beantworten vier oder fünf weitere, danach bricht sie die Aktion ziemlich abrupt ab. Wahrscheinlich hat sie mitgekriegt, dass ich nicht wirklich bei der Sache bin. Normalerweise sprudeln wir in unseren Gesprächen nur so über vor Ideen und werfen uns die Bälle zu, heute musste sie mehrmals Dinge für mich wiederholen, weil ich so zerstreut bin.

Ich weiß nicht, ob es Müdigkeit ist oder ob ich einfach nicht in der Stimmung bin, aber ich kann mich einfach nicht auf den Stream konzentrieren. Meine Gedanken schweifen immer wieder zu dieser Frage von vorhin zurück: ob ich bereit wäre, die Dinge, über die ich schreibe, selbst zu erleben.

Ich denke an meinen letzten Roman, in dem der Hund der Protagonistin mit zwölf Jahren stirbt. Ich habe wirklich versucht, mich in sie hineinzufühlen, bin aber selbst kein Hundemensch, weshalb es mir wahrscheinlich schwerfiel, ihre Trauer und die Verzweiflung über den Verlust eines Tiers wirklich empathisch zu beschreiben. Weil es eine Romance Novel war, habe ich sie auch gar nicht lange trauern lassen, stattdessen verliebt sie sich in ihren Tierarzt.

In den Rezensionen bin ich von Hundeliebhabern hart angegangen worden. Mehrere schrieben, ich hätte ja wohl ganz offensichtlich selbst nie ein Tier gehabt. Die Kritik hat mich extrem verunsichert. Was, wenn es mir mit meinem aktuellen Buch ähnlich geht? Wenn mir in den Rezensionen vorgeworfen wird, dass ich ja wohl noch nie in meinem Leben eine Dreiecksbeziehung geführt hätte? Ich bin so in Gedanken versunken, dass ich kaum mitbekomme, wie Candice unseren Stream für beendet erklärt. Zerstreut verabschiede ich mich von unseren Zuschauern und von Candice, klappe den Laptop zu und schalte das Licht aus. Bevor ich ins Schlafzimmer gehe, überprüfe ich zweimal, ob die Eingangstür abgeschlossen ist.

Hoffentlich wird der Tag morgen produktiver.

Leider habe ich das dumpfe Gefühl, dass meine Innere Kritikerin dafür sorgen wird, dass das nur ein frommer Wunsch bleibt.

2

Zwei Nächte später

Ich fahre im Bett hoch und reiße mir die Schlafmaske vom Gesicht. Mein Herz hämmert wie wild.

Ich kann nicht sagen, was mich geweckt hat, aber es muss laut gewesen sein, weil es mich aus dem Tiefschlaf gerissen hat. Ringsum zuckt flackernder rot-blauer Lichtschein über die Wände.

Ich drehe mich zum Fenster hinter mir, aber das Blaulicht kommt von der Straße, und mein Schlafzimmer liegt zur Waldseite hin.

Als im nächsten Moment lautes Klopfen ertönt, zucke ich zusammen und springe aus dem Bett. Ich ziehe meinen Morgenmantel über und nehme das Handy vom Nachttisch, um einen Blick auf die Uhr zu werfen. Kurz nach Mitternacht. Also habe ich etwa zwei Stunden geschlafen. Normalerweise lege ich mich nicht so früh hin, erst recht nicht, wenn ich zum Arbeiten in der Hütte bin, aber seit dem Livestream mit Candice vor zwei Tagen habe ich keinen einzigen Buchstaben geschrieben und mehr Zeit im Bett als am Computer verbracht.

Ich laufe zur Haustür, schalte das Außenlicht an und spähe durch den Spion. Auf der Veranda steht ein Polizist. Er schaut über die Schulter zu seinem Streifenwagen, der schräg auf der Straße parkt. Die Scheinwerfer strahlen so hell in meine Richtung, dass ich nur eine dunkle Silhouette ausmachen kann.

Was will er hier?

Ich schiebe den Riegel zurück, löse die Kette aber nicht und öffne die Tür nur ein paar Zentimeter.

Als Autorin bin ich notorisch misstrauisch. Ganz egal welche offizielle Uniform jemand trägt – ich habe zu viele Plotideen im Kopf, um nicht in jeder Situation auch die schlimmstmögliche Version mitzudenken. Vielleicht gibt sich dieser Mann nur als Cop aus, damit ich ihm aufmache.

Als er hört, dass sich die Tür öffnet, dreht er sich zu mir um. Obwohl mich die Scheinwerfer des Streifenwagens und das rotierende Blaulicht auf dem Dach blenden, erkenne ich sofort, dass er nicht zu der Sorte Polizist gehört, die sich jeden Morgen erst mal Kaffee und Donuts holt. Er ist groß, gut aussehend und durchtrainiert, und ich fühle mich in meiner Kombi aus Nachthemd und Morgenmantel auf einmal irgendwie sehr ... nackt.

Aber ganz egal, weshalb er hier ist – ich bin dem

Schicksal gerade sehr dankbar dafür, dass es ihn vorbeigeschickt hat. Wenn ich eine Vorlage für meinen fiktiven Hot Cop suchen wollte, wäre er perfekt.

»Guten Abend, Ma'am.« Als er mir die Dienstmarke mit seinem Namen entgegenstreckt, bemerke ich einen Ehering an seinem Finger. »Entschuldigen Sie die späte Störung. Ich bin Officer Nathaniel Saint.«

Mein Puls beschleunigt sich, und ich lege unwillkürlich eine Hand an die Kehle. Ich kann nicht sagen, was mich so nervös macht – seine tiefe, raue Stimme oder die Erkenntnis, dass das hier kein Traum ist. Aber wenn mitten in der Nacht ein Polizist an der Tür klopft, kann das eigentlich nur bedeuten, dass irgendwas Schlimmes passiert ist. Hatte jemand aus meiner Familie einen Unfall? Ist er deswegen hier?

Die Angst ist mir wohl deutlich anzusehen, denn er wiegelt sofort ab. »Keine Sorge. Ich bin nur da, weil es vor etwa einer Stunde ein Stück weiter oben auf der Zufahrtstraße zu Ihrer Hütte einen Vorfall gab. Ich habe bloß ein paar Routinefragen an Sie, falls es Ihnen nichts ausmacht. Fürs Protokoll.«

Ich atme erleichtert aus, dann nicke ich und löse die Kette.

Als ich die Tür weiter aufziehe und mir die kühle Nachtluft entgegenweht, merke ich, dass ich tatsächlich viel zu dünn angezogen bin. Ich schlinge die Arme um meinen

Oberkörper, gehe zur Seite und gebe dem Polizisten mit einem Nicken zu verstehen, dass er reinkommen soll.

»Was für ein Vorfall?«, frage ich.

Officer Saint ist bestimmt einen Kopf größer als ich. Schwer zu sagen, wie alt er ist. Ich bin neunundzwanzig, und die meisten Leute schätzen mich korrekt auf Endezwanzig-Anfang-dreißig. Bei ihm ist das schwierig. Er könnte jünger sein als ich oder aber auch zehn Jahre älter. Er hat den abgeklärten Blick eines Mannes, der in seinem Leben zu viele krasse Dinge gesehen hat, vielleicht hat er sich diesen Ausdruck aber auch für seinen Job antrainiert.

Jetzt so aus der Nähe betrachtet ist klar, dass ich ihn als Modell für Cam verwenden *muss*. Es wäre eine Sünde, ein solches Geschenk des Himmels ungenutzt zu lassen.

Die letzten zwei Tage saß ich stumpf vor dem Computer und habe kein einziges neues Wort geschrieben, aber als ich *meinen* Hot Cop jetzt auf einmal live vor mir stehen sehe, würde ich die Befragung am liebsten so schnell wie möglich hinter mich bringen, um dann gleich an den Laptop zu stürzen.

Officer Saint lässt seinen Blick kurz durch die Hütte wandern, bevor er ihn wieder auf mich richtet. »Kennen Sie einen gewissen Don William Puttman?«

Ich schüttle den Kopf. Der Name sagt mir nichts.

Er wirkt fast erleichtert. Seine Schultern entspannen

sich, und er lehnt sich an den Türrahmen. »Es gab eine Verfolgungsjagd, die knapp fünfzig Meter vor Ihrer Hütte endete.« Er schaut zur Straße. »Wir haben die Strecke gesperrt, aber in der nächsten Stunde werden sich noch ein paar Kollegen von der Spurensicherung in der Gegend umsehen – möglicherweise auch auf Ihrem Grundstück. Ich wollte Ihnen nur Bescheid sagen, damit Sie sich nicht beunruhigen. Natürlich fragen wir uns, ob es einen bestimmten Grund gab, warum das Opfer hierhergefahren ist. Aber da Sie den Mann nicht kennen ...«

»Das *Opfer?*«, unterbreche ich ihn.

Er nickt. »Ja, Ma'am. Er hat sich selbst tödliche Verletzungen zugefügt.«

Ich presse mir eine Hand auf den Magen und atme tief durch.

Dann ... dann hat sich also nur fünfzig Meter von meiner Einfahrt entfernt jemand umgebracht?

»Es kann sein, dass ich noch eine detailliertere Aussage von Ihnen brauche«, sagt Officer Saint. »Aber das muss nicht jetzt sein. Wenn es für Sie okay ist, kann ich morgen einen meiner Beamten vorbeischicken. Eine reine Formsache. Wir sind verpflichtet, allen drei Anwohnern hier an der Uferstraße dieselben Fragen zu stellen.«

»Verstehe.« Ich nicke. »In Ordnung. Ich bin morgen sowieso den ganzen Tag hier.«

»Danke, Ma'am.« Er tippt sich an die Mütze und wendet sich zum Gehen, hält dann aber inne und dreht sich noch einmal zu mir um. »Sind Sie eigentlich alleine hier?«

Keine gute Frage.

Was soll ich darauf antworten? Er ist zwar Polizist, aber in erster Linie eben auch ein Mann. Ein mir vollkommen Fremder.

Ich könnte lügen und behaupten, mein Partner würde nebenan schlafen, aber ich weiß nicht, ob es so eine gute Idee ist, einen Polizeibeamten anzulügen, wenn fünfzig Meter von meiner Haustür entfernt ein Toter liegt. Einem Unbekannten gegenüber zuzugeben, dass ich ganz allein hier in der Hütte bin, ist allerdings auch nicht ungefährlich.

Vermutlich sieht er mir an, welche Gedanken mir durch den Kopf gehen. Noch bevor ich etwas antworten kann, sagt er: »Nicht, dass ich Ihnen nicht zutrauen würde, selbst auf sich aufzupassen. Es ist nur ... Seien Sie vorsichtig, okay? Im Ort sollten Sie vielleicht nicht unbedingt erwähnen, dass Sie die Hütte alleine gemietet haben.«

Bei meinen bisherigen Aufenthalten hier habe ich mich immer sehr wohlgefühlt, aber was der Officer sagt, klingt ziemlich bedrohlich.

»Heißt das, ich muss mir Sorgen machen? Hat die Gegend hier einen schlechten Ruf?«

Er sieht zur Straße, wo sein Wagen steht, dann schaut er wieder zu mir. »Na ja, sagen wir mal so. Einhundert

Prozent sicher ist man nirgends.« Er tippt sich wieder an die Mütze. »Entschuldigen Sie noch mal die Störung. Wir melden uns morgen bei Ihnen.« Er geht über die Veranda zur Treppe. Ich zögere einen Moment, dann laufe ich ihm hinterher.

»Warten Sie!«

Er ist schon die Stufen runtergegangen, als er sich umdreht. Ich weiß selbst nicht, warum ich ihm hinterhergelaufen bin. Ich glaube, ich habe ... Angst. Ich meine, da taucht mitten in der Nacht ein Polizist auf und verkündet, dass sich in unmittelbarer Nähe meiner Hütte ein Mann umgebracht hat, und jetzt fährt er weg und ich soll einfach weiterschlafen, als wäre nichts passiert?

»Leider kann ich nicht bleiben«, sagt er. »Ich muss wieder zurück an den Tatort. Aber ich werde einen meiner Kollegen bitten, die Hütte im Auge zu behalten. Sie haben hier nichts zu befürchten. Wirklich nicht.«

Ein kalter Windhauch lässt mich erschauern, und ich schlinge die Arme enger um mich. Ich mag das Gefühl nicht, das in mir aufsteigt. Bisher habe ich mich in meiner kleinen Hütte immer so sicher gefühlt, aber jetzt habe ich Angst davor, hier allein zu sein.

»Ja, gut«, sage ich und nicke. Ich höre selbst, dass das nicht sonderlich überzeugend klingt, und der Cop merkt mir meine Sorge natürlich auch an.

Er kommt die Stufen wieder rauf, zieht etwas aus der

Tasche und gibt es mir. Seine Karte. *Detective Nathaniel Saint*, darunter seine Mailadresse und zwei Telefonnummern.

»Ich wollte Sie nicht verängstigen. Die obere ist meine Handynummer. Wenn irgendwas ist, rufen Sie bitte jederzeit an.«

»Danke.« Ich drücke mir die Karte an die Brust.

»Wie lange bleiben Sie hier?«, fragt er. »Ich sorge dafür, dass ein Kollege ein paarmal pro Nacht hier Streife fährt.«

»Zwei Wochen.«

Er sieht mich forschend an, und ich kann in seinem Blick lesen, dass er sich fragt, warum sich eine junge Frau so lange allein in einer einsamen Hütte einmietet.

»Ich bin Schriftstellerin«, sage ich. »Ich ziehe mich ein paarmal pro Jahr hierher zurück, um die Rohfassung für mein nächstes Buch zu schreiben.«

Er hebt eine Augenbraue. »Schriftstellerin?«, wiederholt er beeindruckt. »Was sind das denn für Bücher, die Sie schreiben?«

»Romantische Thriller.«

»Und wie heißen Sie?«

Ich würde ihm zu gern sagen, dass ich Reya heiße. Das Bedürfnis, so zu tun, als wäre ich meine Protagonistin, ist wirklich stark, aber dann nenne ich ihm doch meinen richtigen Namen. »Megan. Megan Andrews.«

Um seine Mundwinkel spielt ein Lächeln. »Gut. Dann

melde ich mich morgen noch mal bei Ihnen, Megan Andrews.«

Ich sehe ihm hinterher, bis seine Silhouette mit dem grellen Scheinwerferlicht verschmilzt, schließe die Tür und lehne mich dagegen, während ich mir seine Karte noch mal ansehe. *Nathaniel Saint.* Selbst sein Name ist sexy.

Er könnte definitiv Cam sein.

Trotz der späten Uhrzeit gehe ich zum Küchentisch, klappe den Laptop auf und öffne meine Datei. Ich notiere sämtliche Details, die mir an Detective Nathaniel Saint aufgefallen sind. Jede einzelne Kleinigkeit.

Als ich das nächste Mal auf die Uhr schaue, sind zwei Stunden vergangen.

3

Als ich heute Morgen aufgewacht bin, waren meine Gedanken sofort wieder bei Detective Nathaniel Saint.

Ich habe mich gefragt, wie er wohl genannt wird. *Nathaniel?* Aber vielleicht kürzen sie seinen Namen auch ab. Nathan?

Nate?

Detective?

Er ist mir nicht mehr aus dem Kopf gegangen, und ich habe den ganzen Tag mit leichter Unruhe darauf gewartet, dass er vorbeikommt, um meine Aussage aufzunehmen. Inzwischen ist es kurz vor sechs, und ich habe weder von ihm noch von einem seiner Kollegen etwas gehört.

Vielleicht haben sie ja entschieden, dass sie doch keine Aussagen von den Anwohnern brauchen, weil die Sachlage in diesem Fall sowieso klar ist. Ich merke, dass Enttäuschung in mir aufsteigt. Mir ist der Gedanke gekommen, dass ich die Chance, einen echten Cop vor mir zu haben, nutzen könnte, um ihm selbst ein paar Fragen zu stellen.

Soll ich ihm eine Nachricht schreiben und mich erkundigen, ob er noch vorhat zu kommen? Kurz entschlossen hole ich seine Karte und tippe die Nummer ins Handy.

Hi. Hier ist Megan. Brauchen Sie meine Aussage noch?

Er meldet sich sofort zurück.

Entschuldigen Sie bitte. Wir waren heute auf dem Revier unterbesetzt. Ich könnte auf dem Heimweg bei Ihnen vorbeikommen, falls Ihnen das nicht zu spät ist.

Nein, gar kein Problem. Wenn Sie danach ein paar Minuten Zeit haben, würde ich Ihnen gern auch noch ein paar Fragen bezüglich einiger Szenen in dem Roman stellen, an dem ich gerade arbeite. Es wäre großartig, Infos von einem richtigen Polizisten zu bekommen.

Ich stehe ganz zu Ihrer Verfügung. Bin in etwa einer Stunde bei Ihnen.

Ich muss lächeln, als ich das lese: *Ich stehe ganz zu Ihrer Verfügung.*

Danach laufe ich sofort ins Schlafzimmer, um noch mal meinen Schrank zu durchforsten. Es ist mir zwar vor mir selbst peinlich, aber ich habe mich heute in der Hoffnung, dass Nathaniel Saint noch mal vorbeikommt, ernsthaft schon dreimal umgezogen. Etwas Gutes zu finden ist gar nicht so einfach, weil ich hauptsächlich Freizeitklamotten einpacke, wenn ich zum Schreiben in die Hütte fahre. Natürlich will ich aber auch nicht, dass er den Eindruck bekommt, ich hätte mich seinetwegen aufgestylt. Schließlich entscheide ich mich für ein lockeres Sommerkleid, das aussieht, als hätte ich es angezogen, weil es so gemütlich ist.

Ich ziehe absichtlich keine Schuhe an, binde mir die Haare zu einem lässigen Knoten und schminke mich gerade so viel, dass ich ein bisschen strahle, aber nicht aussehe, als hätte ich mich extra schick gemacht. Anschließend setze ich mich in die Küche an den Laptop und denke mir ein paar Fragen aus. Er soll nicht auf die Idee kommen, ich hätte die Recherche nur als Ausrede benutzt, um ihn noch mal herzulocken.

Obwohl es die Wahrheit wäre. Ich würde alles geben, um ihn noch mal wiederzusehen. Nachdem er gestern Nacht gefahren ist, habe ich wie im Rausch gleich mehrere Kapitel runtergeschrieben. Ich hatte ja keine Ahnung, wie unfassbar inspirierend es ist, eine Figur nach dem Vorbild eines Menschen aus Fleisch und Blut gestalten zu können.

Das nimmt mir ein bisschen die Angst davor, wieder vorgeworfen zu bekommen, meine Beschreibungen wären unrealistisch. Ich meine, wie unrealistisch können sie sein, wenn Reyas Gefühle Cam gegenüber auf exakt den Gefühlen beruhen, die mich durchströmen, wenn ich Detective Nathaniel Saint gegenüberstehe?

Als es endlich klopft, stehe ich schon an der Tür und habe die Hand am Knauf, trotzdem zähle ich mit angehaltenem Atem erst mal bis dreißig, bevor ich ihm aufmache. Er soll denken, er hätte mich aus der Arbeit gerissen.

Ich bin überrascht, dass er diesmal keine Uniform trägt, versuche mir das aber nicht anmerken zu lassen. Und dann tue ich leider genau das, wovon ich mir geschworen hatte, es auf keinen Fall zu tun.

Ich betrachte ihn so ausgiebig, dass es fast unverschämt ist, und lasse den Blick von seinem Gesicht an seinem Körper entlang nach unten bis zu den Schuhen und dann wieder nach oben wandern. In Zivilkleidung sieht er sogar noch besser aus als in seiner Uniform. Er trägt eine ausgewaschene Jeans mit Farbspritzern und ein T-Shirt mit einer geballten Faust darauf, die einen Peyote-Kaktus umschließt. Darüber steht in Großbuchstaben *GONZO*. Ist er etwa ein Fan des Schriftstellers Hunter S. Thompson? Oder hat er es angezogen, um mich zu beeindrucken?

»Cooles Shirt.« Ich ziehe die Tür ein Stück weiter auf.

Er grinst nur.

Bei Tageslicht kann ich ihn altersmäßig besser einschätzen. Er ist definitiv älter als ich, aber sicher nicht mehr als vier oder fünf Jahre.

»Haben Sie gestern noch gut geschlafen?«, erkundigt er sich, als er in die Hütte tritt.

»Nicht wirklich viel, aber ich bin ganz okay. Und Sie?«

»Gar nicht, aber ich bin auch ganz okay«, sagt er lächelnd. Sein Blick hat etwas Herausforderndes. Flirtet er etwa mit mir? Ich weiß nicht, was ich davon halten soll. Natürlich finde ich ihn attraktiv, aber er trägt einen Ehering. Mit verheirateten Männern lasse ich mich nicht ein.

Im Gegensatz zu meiner Protagonistin Reya.

So fängt ihre Affäre mit Cam an. Sie steigt sofort auf sein verführerisches Lächeln ein.

Ob ich heute wieder genauso viel schreiben würde wie gestern, wenn ich aus meiner Haut in die von Reya schlüpfen würde? Wenn ich mir erlauben würde, vorübergehend die Rolle meiner Figur zu übernehmen, würde mich das vielleicht so inspirieren, dass ich meine Deadline noch schaffen könnte.

Detective Nathaniel Saint dreht sich langsam im Kreis und sieht bewundernd zu der hohen Decke hoch. »Ich habe mich immer gefragt, wie es hier drinnen wohl aussieht«, sagt er. »Das ist die schönste Hütte am See.«

»Deswegen miete ich sie immer«, sage ich. »Sie hat auch den schönsten Ausblick.«

»Ich dachte, sie wäre zweistöckig. Von außen sieht sie so groß aus.«

»Es gibt nur diese eine Ebene, aber eben überall mit dieser tollen hohen Decke.«

Er dreht sich wieder zu mir. »Schön.«

Ich nicke.

Einen Moment lag herrscht Stille. »Wie werden Sie eigentlich genannt?«, frage ich. »Nathaniel? Nate?«

»Weder noch. Die meisten Leute sagen Saint.«

»Saint«, wiederhole ich leise. Das wäre ein viel besserer Name für meinen Protagonisten als Cam. Am liebsten würde ich ihn noch mal ändern, aber das wäre übertrieben. Mein Cam wird schon aussehen wie dieser Mann. Ich kann ihm nicht auch noch seinen Namen geben.

»Okay«, sage ich und räuspere mich. »Und ... wollen Sie jetzt meine Aussage aufnehmen?«

Saint betrachtet mich einen Moment stumm. »Nicht nötig. Es gibt keine offenen Fragen mehr. Der Fahrer hatte eine Dashcam im Wagen, die alles aufgenommen hat.« Er lehnt sich gegen die Kücheninsel und überkreuzt die Beine. Wie schafft er es, ohne viel zu tun, so unwiderstehlich zu wirken? Ich bin total verunsichert.

Die Frage ist: Wäre Reya verunsichert?

»Warum sind Sie dann hergekommen, wenn Sie gar

keine Aussage mehr von mir brauchen?«, erkundige ich mich.

»Sie hatten doch geschrieben, dass Sie mir gern ein paar Fragen stellen würden.«

Oh. Ja, stimmt, das hatte ich geschrieben.

Ich nicke und versuche den Kloß in meiner Kehle herunterzuschlucken. Auf einmal kann ich mich an keine einzige der Fragen erinnern, die ich extra vorbereitet habe. Aber ich will auch nicht auf meiner Liste nachschauen wie eine blutige Anfängerin.

Gott, was soll ich nur sagen, um mich nicht zu blamieren?

»Warum haben Sie gestern eigentlich Uniform getragen, wenn Sie doch Detective sind?«, frage ich schließlich.

»Na ja, wir sind ein kleiner Ort. Die Arbeit als Ermittler mache ich nur, wenn es nötig ist. Die meiste Zeit fahre ich tatsächlich Streife, und da ist die Uniform vorgeschrieben.«

Ich nicke ernst, als würde ich über seine Antwort nachdenken, obwohl ich in Wirklichkeit Zeit schinde, weil ich nicht den blassesten Schimmer habe, was ich als Nächstes fragen könnte.

»Ich muss Ihnen etwas gestehen«, sagt er.

»Ja?«, frage ich, erleichtert darüber, dass er das Schweigen bricht.

Er nickt. »Ich habe letzte Nacht tatsächlich nicht geschlafen, aber das hatte nichts mit meinem Job zu tun.«

Ich runzle die Stirn. »Sondern?«

»Ich habe nach Ihnen gegoogelt«, sagt er trocken. »Und dann habe ich mir ein paar ... viele ... Ihrer Livestreams angeschaut.«

Ich bedecke mein Gesicht mit beiden Händen. »Oh Gott, nein. Bitte nicht.«

Er lacht. »Sie und Ihre Freundin ... wie heißt sie noch mal?«

»Candice.«

»Ja, genau. Sie sind sehr unterhaltsam.«

Hitze kriecht meinen Hals hinauf. »Haben Sie auch das neueste Video gesehen?«

»Jep.« Er nickt langsam. »Sie erzählen darin, dass Sie gerade an einem Buch schreiben, in dem ein Cop vorkommt.«

»Stimmt.«

»Ein *heißer* Cop, wenn ich mich richtig erinnere.«

Meine Wangen glühen. »Stimmt«, sage ich wieder. »Aber ich möchte betonen, dass das Video entstanden ist, bevor ich Sie kennengelernt habe.«

Er lächelt so breit, dass mir ganz warm wird. »Glauben Sie wirklich, dass es Sie zu einer besseren Autorin machen würde, mehr Erfahrungen zu sammeln?«

Ich fasse es nicht, dass er dieses Video gesehen hat und mich so direkt darauf anspricht. Am liebsten würde ich im Boden versinken ... aber gleichzeitig finde ich seine

Offenheit auch interessant. »Vielleicht schon«, sage ich. »Ich könnte es mir jedenfalls gut vorstellen. Für Sie gilt das doch genauso. Die Erfahrung macht Sie im Laufe der Zeit zu einem besseren Polizisten.«

»Ziemlich sicher, ja.«

»Ich wüsste also nicht, warum das beim Schreiben anders sein sollte«, sage ich. »Wenn ich ein bestimmtes Gefühl selbst durchlebt habe, kann ich es wahrscheinlich authentischer und für andere nachvollziehbarer beschreiben.«

Saint löst den Blick von meinem, schaut auf seine verschränkten Arme und beginnt an dem Ehering an seiner linken Hand zu drehen. Tut er das unbewusst oder denkt er über das nach, worüber Candice und ich in unserem Livestream gesprochen haben? Über ihren Vorschlag, ich sollte selbst mit einem verheirateten Cop schlafen, um die Beziehung der Figuren in meinem Buch realistischer darzustellen?

Womöglich ist er deswegen hier ...

»Dieses Buch, an dem Sie arbeiten.« Er richtet seinen Blick wieder auf mich. »Wie hießen die beiden Hauptpersonen noch mal? Reya und Cam?«

Es schmeichelt mir, dass er sich das Video offenbar sehr genau angeschaut hat. »Ja.«

»Was erlebt Reya in Ihrem Buch, was Sie selbst nie erlebt haben?«

Mir bleibt kurz die Spucke weg. Detective Saint redet nicht lange um den heißen Brei herum.

Ich gehe zum Küchenschrank und nehme ein Glas aus dem Fach. »Für diese Unterhaltung brauche ich einen Schluck Wein«, sage ich und sehe über die Schulter zu ihm. »Möchten Sie auch?«

Er lächelt. »Warum nicht?«

Ich hole die offene Flasche Wein aus dem Kühlschrank, gieße uns beiden ein halbes Glas ein und reiche ihm seins. Wir stehen uns gegenüber und sehen uns an. Ich lehne mich gegen die Spüle, er lehnt immer noch an der Kücheninsel. Unsere Füße sind nur Zentimeter voneinander entfernt. Saint nippt an seinem Wein, ohne den Blick von meinem zu lösen.

Ich nehme einen tiefen Schluck und stelle das Glas mit leicht zitternder Hand neben mich auf die Arbeitsplatte. »Reya ist jung«, sage ich und schaue dabei das Glas an, nicht Saint. »Dreiundzwanzig. Sie ist unerfahren. Cam ist Polizist, wie Sie ja schon wissen.« Endlich schaffe ich es wieder, ihn anzusehen. »Reya und Cam fühlen sich sehr zueinander hingezogen, aber Cam ist verheiratet.«

Saint nickt nachdenklich, trinkt noch einen Schluck Wein und verschränkt die Arme. »Was für Gefühle löst das in Reya aus?«

»Eifersucht«, sage ich, ohne nachzudenken. »Enttäuschung.«

»Kennen die beiden sich gut?«, fragt er.

»Gar nicht.«

»Dann ist diese Anziehung nur ... körperlich?«

»In diesem Moment schon, ja.«

Ich habe keine Ahnung, was hier passiert. Sprechen wir über uns oder interessiert er sich wirklich für meine Geschichte?

Dadurch, dass Cam in meinem Kopf jetzt aussieht wie Detective Saint, fällt es mir schwer, die fiktive Figur von der realen zu trennen. Ich bin es nicht gewohnt, meinen Protagonisten so nah zu sein.

Ich trinke noch einen Schluck. Vor Nervosität geht mein Atem schneller.

»Wie beginnt ihre Affäre?«, fragt er.

Ich schlucke trocken. »Mit einem Kuss«, sage ich. »Cam kann nicht anders. Er liebt seine Frau, aber er hat sich körperlich noch nie so intensiv zu jemandem hingezogen gefühlt wie zu Reya. Als er irgendwann bei ihr ist, um etwas zu besprechen ... küsst er sie. Aber während des Kusses überkommen ihn Schuldgefühle, er reißt sich von ihr los und stürmt aus dem Haus.«

»Er stürmt aus dem Haus?«

Ich nicke. »Cam leidet.«

Saint nickt nachdenklich. »Und Ihnen ist das noch nie passiert? Sie sind noch nie von einem verheirateten Mann geküsst worden?«

Ich schüttle den Kopf. »Nein«, sage ich leise. »Und wenn ich Reyas Reaktion beschreiben will, komme ich einfach nicht weiter.« Ich greife wieder nach meinem Glas und nehme einen Schluck. »Was geht in diesem Moment in ihr vor? Ist sie wütend darüber, dass Cam sie geküsst hat – obwohl sie es ja selbst wollte? Muss sie weinen, als er aus dem Haus flieht? Oder verspürt sie leichten Triumph, weil er nicht anders konnte, als sie zu küssen?«

Saint neigt den Kopf und sieht mich mit zusammengekniffenen Augen an. »Das klingt wie etwas, was man erlebt haben muss, um die Gefühle wirklich auf den Punkt zu bringen.«

»Ganz genau«, bestätige ich heiser.

Wir sehen uns einen Moment lang schweigend an. Ich glaube, mein Herz schlägt schneller als vor ein paar Tagen, als ich mitten in der Nacht durch die Lichter des Streifenwagens aus dem Schlaf gerissen wurde.

Saint beißt sich kurz in die Unterlippe, und das bringt mich fast zum Lachen, weil ich das in meinen Romanen so oft beschreibe. Weiß er das?

Ein lautes Summen ertönt, Saint richtet sich auf, zieht sein Handy aus der Tasche und schaut aufs Display. Er sieht mich an. »Meine Frau«, sagt er.

Ich versuche, mir meine Enttäuschung nicht anmerken zu lassen, und stelle mein Weinglas ab. »Dann sollten Sie drangehen, oder?«, sage ich.

Saint stellt sein Glas ebenfalls neben sich. »Sie haben recht. Ich sollte drangehen.«

Aber er tut es nicht.

Stattdessen wirft er das Handy auf die Theke und geht einen Schritt auf mich zu, legt mir seine Hand in den Nacken und presst seine Lippen auf meine.

Der Kuss kommt so unerwartet, dass ich nach Luft schnappe.

Als Saints Zunge in meinen Mund gleitet, durchfährt mich ein heiß-kalter Schauder. Ich schmiege mich an ihn. Er schmeckt nach Pfefferminz und Wein, und ich weiß in diesem Moment genau, wie ich Cams Mund beschreiben werde, wenn er und Reya sich in meinem Roman küssen.

Das Handy summt auf der Theke weiter, und ich bin glücklich, dass er lieber mich geküsst hat, als den Anruf anzunehmen. Also hatte ich recht mit meiner Vermutung. Reya würde ein leichtes Triumphgefühl verspüren.

Aber die anderen Möglichkeiten, über die ich nachgedacht hatte, scheinen auch nicht so falsch gewesen zu sein, denn ich habe auch Schuldgefühle.

Als das Summen aufhört, ist nur noch unser schneller Atem zu hören und das leise Stöhnen, das Saints Kuss mir entlockt. Er legt einen Arm um meine Taille, und als ich die Arme um seinen Nacken schlinge, beginnt das Handy wieder zu summen.

Saint löst sich von mir, seufzt und drückt seine Stirn

gegen meine. Ich ringe nach Luft, weil es noch nie einen Kuss gab, der mir so den Atem geraubt hat. Mich so tief berührt hat. Als ich meine Augen öffne, sehe ich, dass seine geschlossen sind.

Das Handy summt immer noch.

Er neigt sich zu meiner Schläfe, sodass sein Mund direkt über meinem Ohr ist.

»Es tut mir leid«, flüstert er.

Dann richtet er sich auf. Greift nach seinem Handy und ...

Er geht.

Die Tür schlägt hinter ihm zu, und ich habe mich in der Hütte noch nie einsamer gefühlt als in diesem Moment. Saint hat mich mit so vielen Gefühlen erfüllt und sie mir fast im selben Moment wieder entrissen.

Mein ganzer Körper schmerzt vor Sehnsucht. Ich weiß nicht, wonach. Nach mehr Kuss. Mehr von dem Flirt. Mehr von diesem Triumphgefühl.

Ich höre, wie der Kies unter den Reifen knirscht, als er seinen Wagen wendet und davonfährt. Minuten vergehen. Saint ist längst weg, und ich stehe immer noch an derselben Stelle, die Fingerspitzen an die Lippen gepresst.

Was mich am meisten an mir überrascht, ist mein Lächeln. Hätte ich gestern Nacht Reyas und Cams ersten Kuss beschrieben, wäre ich niemals auf die Idee gekommen, dass sie nach seinem abrupten Abgang lächeln würde.

Aber ich lächle.

Und dann gehe ich zum Tisch und klappe den Laptop auf. Es ist die zweite Nacht in Folge, in der ich mehr Seiten in den Computer tippe, als ich normalerweise in einer ganzen Woche schaffe.

4

Es ist drei Tage her, seit Saint mich geküsst hat.

Am Tag danach lief die Arbeit an meinem Roman super. Ich habe gleich mehrere neue Kapitel geschrieben und anschließend sogar den Anfang noch mal überarbeitet, um Cam mehr zu Saint zu machen.

Leider war das Pulver gestern dann anscheinend verschossen, und so wie es aussieht, werde ich heute auch nicht viel produktiver sein.

Gestern Abend habe ich noch mal mit Candice gesprochen, ihr aber nichts von dem Kuss erzählt. Auch sonst werde ich mit niemandem darüber reden. Ich war immer schon ein sehr verschlossener Mensch. Zwar schreibe ich nicht unter Pseudonym, aber da ich einen weit verbreiteten Namen habe, muss ich mir keine Sorgen machen, dass meine Leserinnen und Leser persönliche Details über mich herausfinden könnten. Über mich ist wenig bekannt. In den sozialen Medien präsentiere ich meine berufliche Seite, und niemand weiß, ob ich in einer Beziehung oder verheiratet bin oder ob ich Kinder habe. Online spreche ich ausschließlich über die Arbeit und halte Job und Privatleben getrennt.

Deswegen will ich auch nicht, dass Candice von der Sache weiß. Nicht, dass ich ihr nicht vertrauen würde, aber sicher ist sicher.

Mir ist absolut klar, dass der Kuss moralisch nicht okay war – aber letztlich habe ich dadurch Erkenntnisse gewonnen, die für mich als Autorin wichtig sind. Man könnte auch sagen, dass Saint mir über eine kleine Schreibblockade hinweggeholfen hat.

Natürlich würde keine Ehefrau der Welt mir verzeihen, wenn ich damit argumentiere, dass ich ihren Mann aus »Recherchegründen« geküsst habe. Aber ich merke, dass diese Erklärung hilft, *mir selbst* zu verzeihen. Ich fühle mich wegen dieses einen Kusses wirklich nicht besonders mies. Keine Ahnung, ob mich das jetzt zu einem schlechten Menschen macht.

Tatsächlich sind meine Schuldgefühle sogar so minimal, dass ich mich zu fragen beginne, wie weit ich mit Saint noch gehen könnte. Bis jetzt haben sich Cam und Reya in meinem Roman auch nur geküsst, aber ich merke, dass ich Schwierigkeiten habe, mir die weitere Entwicklung ihrer Beziehung vorzustellen. Es ist nun mal so, dass ich im echten Leben noch nie etwas für einen verheirateten Mann empfunden habe. Ich weiß nicht, wie man sich als »die andere Frau« fühlt. So eine Affäre unterscheidet sich ja zwangsläufig in vieler Hinsicht von einer traditionellen Beziehung. Man trifft sich heimlich, achtet extrem darauf, dass niemand Verdacht schöpft, und die meisten Leute sprechen wahrscheinlich nicht mal mit ihren engsten Freunden darüber.

Wie fühlt es sich an, eine Beziehung mit einem Mann zu haben, den man nur in Teilzeit lieben darf?

Jetzt starre ich schon seit einer Stunde auf den Bildschirm, ohne auch nur ein einziges Wort geschrieben zu haben. Mein Blick fällt immer wieder auf Saints Karte, und ich ringe mit mir, ob ich ihn anrufen soll oder nicht.

Zuletzt einige ich mich mit mir selbst auf einen Kompromiss.

Ich schreibe ihm.

Für den Fall, dass seine Frau die Nachricht sieht, halte ich sie ganz knapp und sachlich.

Hallo. Hier Megan. Ich hätte eine Recherchefrage, falls Sie Zeit haben.

Diesmal meldet er sich nicht so schnell zurück wie letztes Mal. Ich halte den Blick auf das Handy gerichtet und warte auf die tanzenden Pünktchen ... nichts passiert.

Nachdem ich wieder mehrere Minuten auf den Laptop-Bildschirm gestarrt habe, ohne ein einziges Wort getippt zu haben, beginne ich mich zu fragen, ob es falsch war, ihm zu schreiben. Natürlich war es falsch. Aber ich bin eher enttäuscht darüber, dass er nicht sofort reagiert, als dass ich ein schlechtes Gewissen hätte, weil ich ihm geschrieben habe.

Um mich abzulenken, mache ich mir einen Salat mit gebratener Hähnchenbrust zum Abendessen. Während des Essens lasse ich das Handy die ganze Zeit nicht aus den Augen. Jämmerlich. Und sinnlos. Keine Antwort.

Er scheint den Kuss wirklich zu bereuen.

Ich stehe gerade an der Spüle, als ein Summen ertönt. Mir rutscht fast der Teller aus den Händen, so abrupt drehe ich das Wasser ab und stürze zum Tisch. Mein ganzer Körper wird von einem erregten Kribbeln erfasst, als ich sehe, dass die Nachricht von Saint kommt.

> Haben Sie wieder eine Schreibblockade? Ich helfe mit Vergnügen ;-)

Wow. Sogar mit Zwinkersmiley.

Das hatte ich nicht erwartet. Eigentlich hatte ich gar nicht erwartet, dass er mir überhaupt noch antwortet, aber was er schreibt, beweist, dass unsere Gedanken nach dem Kuss in dieselbe Richtung gehen.

Ja, so könnte man es ausdrücken. Nachdem Sie weggefahren sind, habe ich mehrere Kapitel geschrieben, aber heute stecke ich wieder fest.

Wo hakt es denn?

Ich weiß nicht, wie es sich anfühlt, die »andere Frau« zu sein. Ich merke, dass ich Reyas Gefühle für Cam nicht beschreiben kann, weil ich keine Ahnung habe, wie oft sie an seine Frau denken würde, während sie mit ihm zusammen ist, oder darüber, ob ihre Beziehung eine Zukunft hat.

Sind die beiden verliebt?

Ja. Sehr.

Sie fragen sich also, wie zwei frisch verliebte Menschen einen normalen Abend miteinander verbringen würden, wenn einer von den beiden verheiratet ist?

Ja, genau.

Das klingt, als würde es Ihnen helfen, so eine Situation selbst zu erleben. Normale Recherche bringt da wahrscheinlich nicht viel.

In letzter Zeit hat es sich definitiv bewährt, persönliche Erfahrungen machen zu können.

Es wäre unhöflich von mir, Sie nicht zu unterstützen. Ich könnte in einer Stunde bei Ihnen sein.

Das wäre wirklich sehr nett.

Ich lege das Handy ganz ruhig auf den Tisch zurück, obwohl ich innerlich alles andere als ruhig bin. Ich habe das Bedürfnis, laut zu schreien. Was hier passiert, ist der komplette Irrsinn. Ich kann selbst nicht glauben, was ich da gerade gemacht habe, und versuche mir zu sagen, dass ich es letztlich nur für mein Buch tue.

Nichts weiter. Es ist bloß Recherche.

Wie lange ich mir das wohl noch einreden kann?

Mir bleibt nur noch eine Stunde, bis er hier ist. Eine Stunde, um mich zu duschen, mir die Haare zu föhnen, die Zähne zu putzen, das Bett zu machen und das Chaos von zwei Tagen zu beseitigen, in denen ich mich zu nichts aufraffen konnte.

Den größten Teil dieser Stunde verbringe ich damit, mich selbst in einen präsentablen Zustand zu versetzen, und mache mich erst danach daran, die Hütte aufzuräumen. Ich habe gerade fertig abgespült, als ich Saints Wagen in der Einfahrt höre. Hastig trinke ich das Glas Wein aus, das ich mir eingeschenkt hatte, und warte, bis er an die Tür klopft, bevor ich aufmache.

Diesmal trägt er wieder Uniform, hält aber ein Bündel Zivilkleidung im Arm. »Ich hatte keine Zeit, zum Revier zurückzufahren«, erklärt er auf meinen fragenden Blick hin. »Hätten Sie was dagegen, wenn ich mich bei Ihnen schnell umziehe?«

Ich schüttle den Kopf und zeige über meine Schulter. »Natürlich nicht. Das Bad ist da drüben.«

Saint wartet nicht, bis ich ihn hereinbitte, sondern kommt grinsend auf mich zu, legt mir eine Hand in den Nacken und drückt mir einen Kuss auf die Lippen. Ohne ihn zu unterbrechen, schiebt er mich sanft zwei Schritte rückwärts und kickt die Tür mit einem Fußtritt zu. »Ich kann nur eine Stunde bleiben«, raunt er an meinen Lippen.

Spielt er eine Rolle?, frage ich mich verwirrt. Er hat mich gerade so vertraut begrüßt, wie Cam Reya zum aktuellen Zeitpunkt ihrer Beziehung begrüßen würde – als würde ein Kuss ganz selbstverständlich dazugehören. Ich kann mir nicht vorstellen, dass Saint mich unter normalen Umständen küssen würde.

Er legt die Klamotten auf die Küchentheke, geht zum Kühlschrank, holt die Flasche Wein heraus, greift nach dem Glas, das ich gerade ausgetrunken habe, gießt ein und schiebt es mir über den Tresen zu. Anschließend nimmt er ein zweites Glas aus dem Hängeschrank und schenkt sich selbst ein.

»Wie war dein Tag, Reya?«, fragt er, und ich muss mir das Lächeln verbeißen, weil jetzt ganz offensichtlich ist, wen er gerade verkörpert. Ich hebe das Glas an den Mund und lächle.

»Ganz gut«, sage ich. »Wie war deiner ... *Cam?*«

Saint geht um den Tresen auf mich zu. Er ist so groß, dass ich den Kopf zurücklegen muss, um zu ihm aufzusehen, als er vor mir steht. Er hebt mein Kinn mit einem Finger an. »Ich hab nicht aufgehört, an dich zu denken«, flüstert er und beugt sich wieder über meinen Mund.

Oh mein Gott. Meine Knie zittern und drohen unter mir nachzugeben. Er richtet sich auf. »Bin gleich wieder bei dir.«

Als er nach den Klamotten greift und damit ins Bad geht, stehe ich – immer noch leicht überwältigt – in der Küche und frage mich nervös, wie es gleich weitergeht. Soll ich so tun, als wäre ich in ihn verliebt? Wird er so tun, als wäre er in mich verliebt?

Ich stelle mir die unterschiedlichsten Szenarien vor und

kann kaum erwarten, was wohl gleich passiert. Vor allem, nachdem er gesagt hat, dass er nur kurz bleiben kann. Er ist erst ein paar Minuten hier, und in meinem Kopf sprudeln jetzt schon Ideen für mehrere weitere Kapitel.

Als Saint kurze Zeit später wieder aus dem Bad kommt, legt er seine zusammengefaltete Uniform und seine Waffe auf den Küchentisch. Ich habe kaum Zeit, mir zu überlegen, was ich sagen soll, als er auch schon die Arme um mich schlingt, mich mühelos hochhebt und auf den Tresen setzt. Er schiebt sich zwischen meine Schenkel, streicht sanft an meinen Armen hinab und beugt sich über mich.

Mir wird schwindelig.

Ich schließe die Augen und neige den Kopf zur Seite, als er seine Lippen auf meine Kehle presst. Die Härchen in meinem Nacken stellen sich auf, und ich halte in erwartungsvoller Erregung den Atem an.

Ist Saint immer so? So ... dominant?

Ist er bei seiner Frau auch so?

Ich versuche, jeden Gedanken an sie wegzuschieben, weil er jetzt gerade hier ist. Bei mir. Weil ich seinen warmen Atem an meinem Hals spüre. Nur darauf konzentriere ich mich.

Auf seine Zunge, die langsam über meine Haut gleitet.

Auf seine linke Hand, die meinen Schenkel umfasst, als er mein Bein leicht anhebt und es sich um die Hüfte legt.

»Erzähl mir mehr«, raunt er.

Ich kann nur stöhnen. »Mhmm.«

»Was für ein Typ ist dieser Cam?«

Ich öffne die Augen, aber Saint küsst sich weiter an meinem Hals aufwärts. Er fragt nach Cam ... Bedeutet das, dass er mich gerade als Saint küsst?

Gott, ich hoffe es so sehr.

»Er ist ...« Ich seufze leise auf, als sich Saints Zungenspitze meinem Ohr nähert. Die Gefühle, die mich durchfluten, hindern mich daran, klar zu denken. »Er ist ein ... guter Kerl, aber mit Ecken und Kanten. Ziemlich dominant. Eifersüchtig. Ein Hitzkopf.«

Saint löst sich von mir und beugt sich ein Stück zurück, um mir in die Augen zu sehen. »Er würde Reya aber niemals wehtun, oder?«

»Was? Nein, niemals! Er ist wahnsinnig verliebt in sie. Er versucht, sie zu beschützen.«

»Er *versucht* es?«, wiederholt Saint und runzelt die Stirn. »Bedeutet das, dass er es nicht immer schafft?«

Ich schüttle den Kopf. »Nicht immer, nein.«

Sein Blick fällt auf meinen Mund, und er streicht mit dem Daumen unendlich langsam über meine Unterlippe. Ich liebe es, so von ihm angesehen zu werden. Am liebsten würde ich sofort zum Laptop stürzen und drauflos schreiben. Wenn ich warte, bis er gegangen ist, erinnere ich mich womöglich nicht mehr bis ins kleinste Detail daran, wie ich mich unter seinem Blick gefühlt habe.

»Passiert Reya in deinem Buch irgendwas Schlimmes?«

»Ja«, sage ich mit fast unhörbarer Stimme. Normalerweise verrate ich anderen nie den Plot einer meiner Romane, aber ich bezweifle stark, dass Saint das fertige Buch lesen wird.

»Und was?«

»Ein Mann dringt mitten in der Nacht in ihr Haus ein.«

Saints Augen verengen sich besorgt. »Tut er Reya etwas an?«

»Ja«, sage ich leise. »Er zerrt sie aus dem Bett. Fesselt sie. Sie hat wahnsinnige Angst, weil sie nicht weiß, was er vorhat.«

»Kennt sie diesen Mann?«

»Das weiß sie nicht. Es ist zu dunkel, um ihn zu erkennen.«

»Warum dringt er in das Haus ein? Hat er es auf sie persönlich abgesehen?«

»Nein. Reya ist Anwältin. Sie hat Beweismittel im Haus, nach denen er sucht.«

Saint streicht mir mit dem Handrücken über die Wange, während ich rede. Er hört mir so aufmerksam zu, dass ich mich unwillkürlich frage, ob er vorhat, die Szene nachzuspielen. Erzähle ich sie ihm womöglich deswegen ... weil ein Teil von mir genau darauf hofft?

Nein, das wäre übertrieben. Ich glaube nicht, dass ich mit meiner Recherche so weit gehen möchte.

»Was passiert dann?«, fragt er.

»Der Typ findet die gesuchten Unterlagen und verschwindet. Etwa eine Stunde später kommt Cam und findet Reya, die immer noch gefesselt ist.«

Saint beugt sich vor und streicht mit seinen Lippen hauchzart über meine. »Das klingt verdammt spannend.«

»Ich hoffe, dass meine Leserinnen und Leser das später genauso sehen.«

Saint lächelt, dann küsst er mich. Und genau wie bei unserem ersten Kuss beginnt im selben Moment sein Handy zu summen. Allerdings hält er keine einzige Sekunde inne, sondern ignoriert den Anruf und vertieft seinen Kuss sogar noch.

Mit jedem Summton zieht er mich enger an sich, als würde er hoffen, das Handy so zum Schweigen bringen zu können.

»Du solltest rangehen«, flüstere ich und winde mich aus seiner Umarmung.

Wir wissen beide, dass es seine Frau ist.

Widerstrebend macht er einen Schritt rückwärts und zieht das Handy aus der hinteren Hosentasche. Er geht vor die Tür nach draußen und nimmt den Anruf dort an.

Ich beobachte ihn durchs Fenster. Während er spricht, reibt er sich den Nacken.

Wie sie wohl heißt? Wie lange sind die beiden schon zusammen? Haben sie Kinder?

Das Gespräch dauert nicht lang.

Sobald Saint auf die Tür zugeht, trete ich hastig vom Fenster weg. Er kommt ins Haus und wirft mir einen bedauernden Blick zu, als er die zusammengelegte Uniform von der Theke nimmt. Mit der anderen Hand zieht er mich wortlos an sich und küsst mich mit einer solchen Heftigkeit, dass es beinahe etwas Besitzergreifendes hat.

Dann geht er.

Und ich bleibe zurück, allein und sprachlos. Alles ging so schnell, dass ich kaum begreife, was genau passiert ist.

War das jetzt Teil des Spiels? Was ist Realität und was Fiktion? Hat Saint getan, was Cam seiner Meinung nach in dieser Situation tun würde?

Oder hat er sich nach dem Gespräch mit seiner Frau wirklich so schuldig gefühlt, dass er sofort wegmusste, ohne ein Wort zu sagen?

Ich habe keine Ahnung, was in seinem Kopf vorgeht, deswegen bleibt mir nur das, was in meinem eigenen Kopf vorgeht. Ich nehme den Laptop vom Tisch und gehe – angefüllt mit neuen Ideen, neuen Gefühlen und neuen Gedanken – ins Schlafzimmer.

Und schreibe, bis ich irgendwann einschlafe.

5

Ich wache auf, weil mir der Laptop von der Brust rutscht, als ich mich bewege. Die Augen nur halb geöffnet, schiebe ich ihn weg, drehe mich auf die Seite, schlinge die Arme um ein Kissen und versuche, wieder einzuschlafen ... Aber irgendetwas stimmt nicht. Es ist zu still. Zu dunkel.

Mein Blick huscht zur Schlafzimmertür, und mir stockt der Atem, als ich dort einen großen Schatten bemerke. Da steht jemand.

Angst durchströmt mich. Ich öffne den Mund, aber es ist wie in einem dieser Albträume – ich bringe keinen Ton heraus. Blitzschnell richte ich mich auf und greife nach meinem Handy.

Erst als die Gestalt einen Satz auf mich zumacht, entfährt mir ein Schrei, und ich krabble panisch zur anderen Bettseite.

Nicht schnell genug.

Eine Hand umfasst mein Fußgelenk und zieht mich so

heftig quer übers Bett auf sich zu, dass mir das Handy aus der Hand fliegt.

Adrenalin flutet jede Zelle meines Körpers.

Ich versuche mich zu erinnern, was ich damals im Selbstverteidigungskurs gelernt habe, aber mir bleibt keine Zeit, nachzudenken. Ich werde vom Bett hochgerissen, eine Hand presst sich auf meinen Mund, um meine Schreie zu ersticken.

Bitte mach, dass das Saint ist. Bitte lass das Saint sein.

Ich weiß nicht, warum ich hoffe, dass es Saint ist, der mir das antut. Ich habe wirklich Todesangst. Falls er unser kleines Spiel tatsächlich so weit getrieben hat, dass er mitten in der Nacht in meine Hütte eingebrochen ist, um mich in Panik zu versetzen, hätte er es definitiv *zu* weit getrieben. Das wäre absolut unentschuldbar.

Ich trete wild um mich, versuche, mich irgendwo festzukrallen, und stemme mich mit aller Kraft gegen ihn, als er mich aus dem Zimmer zerrt, aber er ist zu stark. Ich habe keine Chance.

Um mich herum herrscht tiefste Dunkelheit. Vollkommen unnormale Dunkelheit. Als er mich in die Küche zieht, stelle ich fest, dass keins der Lämpchen an den elektrischen Geräten leuchtet. Er muss den Strom abgeschaltet haben. Sämtliche Jalousien sind runtergezogen.

Jetzt nimmt er – wer auch immer es ist – die Hand von meinem Mund und hält mich von hinten so fest umschlungen, dass meine Arme eng an den Körper gepresst werden. »Saint?«, würge ich mit bebender Stimme hervor. »Bist du das? Bitte ...« Ich versuche, über die Schulter zu schauen, aber er dreht meinen Kopf grob wieder nach vorne und hält meinen Kiefer fest, als er die Lippen an mein Ohr senkt.

»Halt verdammt noch mal still.«

Im nächsten Moment drückt er mich brutal auf einen Küchenstuhl. Ich weiß immer noch nicht, ob es Saint ist, der das alles tut, oder womöglich wirklich ein Fremder. Mein Herz schlägt so panisch, dass mir schwindelig wird. Als der Mann seinen Griff etwas lockert, versuche ich aufzuspringen, bin aber nicht schnell genug. Seine Finger umschließen meine Handgelenke und halten sie wie in einer Schraubzwinge.

Er befestigt einen breiten Streifen Klebeband über meinem Mund und zieht mir anschließend unsanft beide Arme nach hinten.

Ich ringe nach Luft, aber das Tape macht es mir unmöglich, zu schreien.

Ein stechender Schmerz durchfährt meine Arme und Schultern, als er meine Hände hinter der Rückenlehne fesselt. Das Seil schneidet so tief in meine Handgelenke ein, dass die Haut brennt wie Feuer.

Ich trete mit aller Kraft um mich, bis ich es nicht mehr kann, weil er meine Füße packt und sie ebenfalls fixiert.

Tränen schießen mir in die Augen, weil ich ihm jetzt wirklich komplett ausgeliefert bin.

Das alles passiert gerade wirklich ... oder?

Aber Saint würde dieses Spiel niemals so eskalieren lassen. Der Mann tut mir wirklich richtig weh, und ich habe Todesangst.

Mein Körper erschlafft, und ich versuche, tief Luft zu holen. Wer auch immer der Eindringling ist, er hat für den Moment von mir abgelassen. Ich muss mich irgendwie beruhigen, einen klaren Kopf bekommen und einen Weg finden, mich zu befreien. Aber ich bin so fest an den Stuhl gefesselt, dass ich Hände und Füße keinen Zentimeter bewegen kann, ohne dass das Seil schmerzhaft in meine Haut schneidet.

Hinter mir fällt etwas polternd zu Boden. Was macht er da? Ich höre, wie Schubladen aufgezogen werden, und flehe innerlich verzweifelt, dass er nicht nach einem Messer sucht.

Mehrere Minuten vergehen, in denen ich wie gelähmt auf die Geräusche hinter mir lausche, als plötzlich die Haustür aufgerissen wird.

Ein kalter Luftzug fegt durch die Hütte.

Minutenlang höre ich nichts als das Rauschen des Windes und das Wummern meines hysterisch schlagenden Herzens. Ich schließe die Augen und bete. Es ist lange her, seit ich das letzte Mal in einer Kirche war, aber ich bete mit solcher Inbrunst, dass ich damit ganz bestimmt sämtliche verpassten Gottesdienste wettmache. Ich bete, dass er gegangen ist und nie mehr zurückkommt. Ich bete, dass es mir irgendwie gelingt, mich zu befreien.

Ich bete darum, dass ich das hier überlebe.

Gefühlt sitze ich Stunden verzweifelt betend da, obwohl es wahrscheinlich nur wenige Minuten sind. Ich habe gerade begonnen, meine Handgelenke zu bewegen, um zu prüfen, ob ich es vielleicht doch schaffen kann, mich herauszuwinden, als ich im Kies vor der Hütte Schritte höre. Mein Puls, der gerade anfing, sich zu normalisieren, rast sofort wieder.

»Megan?«

Ich reiße die Augen auf, als ich Saints Stimme erkenne. Er klingt besorgt. Die Haustür wird weiter aufgestoßen, im nächsten Moment ist er schon neben mir. Als er sieht, dass ich gefesselt bin, stürzt er zur Küchenschublade, holt ein Messer heraus, kommt zurück und durchtrennt mit einem Schnitt das Seil um meine Hände. Mir fließen Tränen der Erleichterung übers Gesicht, ich weine noch heftiger als vorhin, als ich aus dem Schlafzimmer gezerrt wurde.

Aber was macht er mitten in der Nacht hier? Es gibt keinen Grund, warum er hier sein sollte. Überhaupt gar keinen.

Außer, der Mann eben ... das war *er*.

Nachdem er meine Hände befreit hat, beginnt sich Saint

an meinen gefesselten Füßen zu schaffen zu machen. Ich reiße mir das Klebeband ab und presse beide Hände auf den Mund, um mein Schluchzen zu ersticken.

»Alles gut, Megan«, beruhigt er mich. »Ich bin jetzt da. Dir kann nichts mehr passieren.« Als ich spüre, dass das Seil nachgibt, schleudere ich es mit einem Fußtritt weg.

Saint hilft mir auf, aber als er mich in seine Arme ziehen will, stoße ich ihn mit aller Kraft von mir. Er soll mich bloß nicht anfassen.

Wie kann er ernsthaft glauben, ich wäre mit diesem kranken Spiel einverstanden?

Ich stürze ins Schlafzimmer und von dort ins Bad und schlage die Tür zu. Als ich auf den Lichtschalter drücke, bleibt es dunkel. Der Strom ist nach wie vor weg.

Er muss die Leitung zum Haus durchtrennt haben.

Ich drehe das Wasser in der Dusche auf und versuche, tief durchzuatmen, zittere aber am ganzen Körper und kriege kaum Luft. Ist das eine Panikattacke? Fahrig ziehe ich mir das Schlafshirt über den Kopf, lasse es zu Boden fallen und stelle mich unter die Dusche. Immer noch nach Atem ringend, stehe ich da, während das heiße Wasser auf mich herabprasselt, und hoffe, dass mich das beruhigt, aber es hilft nicht.

Auch als das Licht auf einmal angeht, fühle ich mich nicht sicherer. Das beweist ja nur, dass Saint derjenige war, der den Strom abgeschaltet hat.

Kurz nachdem es im Bad wieder hell geworden ist, klopft er leise an die Badezimmertür.

»Geh weg«, rufe ich und versuche, stark und wütend zu klingen, aber meiner tränenerstickten Stimme ist anzuhören, wie verängstigt ich bin.

Als Saint die Badezimmertür öffnet, sacken vor Angst fast meine Beine unter mir weg.

»Bitte hör mich an, Megan«, sagt er leise, aber falls er glaubt, das würde helfen, meine Panik oder den Schmerz in meinen Handgelenken zu lindern, irrt er sich. Ich habe Angst vor diesem Menschen. »Megan, es tut mir leid. Ich dachte ...«

»Du dachtest, ich will, dass du mich nachts überfällst?«, brülle ich, während mir wieder die Tränen übers Gesicht laufen. »Sag mal, bist du komplett wahnsinnig geworden?«

Er seufzt schwer.

Ich schließe die Augen. *Oder ... habe ich ihn etwa darum gebeten?*

Nein. Habe ich nicht.

Ich habe ihm bloß etwas aus meinem Buch erzählt, aber das war ganz bestimmt keine Einladung, mitten in der Nacht in meine Hütte einzubrechen und mir Todesangst einzujagen.

Hat er es trotzdem so verstanden? Als Einladung?

Habe ich die falschen Signale gesendet?

Ich weiß nicht mehr, was ich denken soll.

Ich weiß nicht mal, ob ich das Recht habe, auf ihn wütend zu sein. Habe ich mir unterbewusst womöglich gewünscht, dass er das tut?

Schluchzend lehne ich mich gegen die gekachelte Duschwand. Ich weiß gar nichts mehr.

Habe ich die Tür der Hütte eigentlich gestern Abend abgeschlossen, bevor ich ins Bett bin?

Nein, habe ich nicht.

Nachdem Saint gegangen ist, habe ich mich mit meinem Laptop hingelegt und geschrieben, bis ich irgendwann eingeschlafen bin.

Dabei habe ich die Tür sonst abends immer abgeschlossen. Wirklich *jeden* Abend.

Als ich höre, wie der Duschvorhang aufgezogen wird, schlage ich die Hände vors Gesicht. Ich bringe es nicht über mich, Saint anzusehen. Ich bin wütend. Beschämt. Immer noch traumatisiert.

»Gott, Megan ...« In seiner Stimme schwingt so viel Bedauern und schlechtes Gewissen mit. »Das tut mir unendlich leid.«

Ich nehme die Hände nicht vom Gesicht, weil ich immer noch weine, und erstarre, als er zu mir in die Dusche steigt. Als er mich sanft in seine Arme zieht, merke ich, dass er noch komplett angezogen ist, was mich völlig verwirrt. Er steht neben mir unter dem Wasserstrahl und drückt mich an sich.

Ich habe das riesige Bedürfnis, ihm eine runterzuhauen, aber mein Bedürfnis, von ihm gehalten zu werden, ist noch größer.

Vielleicht war das alles ja tatsächlich nur ein schreckliches Missverständnis.

»Gestern Abend ...« Er zögert. »Ich hatte das wirklich so verstanden, als würdest du mich bitten ...«

Ich schüttle den Kopf. »Ich weiß«, flüstere ich, nehme die Hände vom Gesicht, schlinge die Arme um ihn und drücke meine Wange an sein mittlerweile nasses T-Shirt. »Ich kann dir selbst nicht sagen, ob ich es wollte ... ich ... ich bin total durcheinander. Was wir getan haben, ist ... Ich meine, wir kennen uns kaum, und dann ...«

Saint presst seine Lippen auf meine Stirn und hält mich mehrere Minuten lang einfach nur fest.

Als die Tränen endlich nicht mehr fließen, lehne ich mich zurück und schaue ihn an. In seinen Augen sehe ich nichts als Reue. Er legt eine Hand an mein Gesicht und reibt mit dem Daumen die zerflossene Wimperntusche weg.

»Es tut mir leid«, sagt er noch einmal und wirkt aufrichtig zerknirscht.

Ich nicke. »Okay. Aber in Zukunft ... Wenn du irgendwas machst, bitte vergewissere dich vorher, ob ich es auch wirklich will.«

»Versprochen.« Er nimmt mein Gesicht in beide Hände. »Möchtest du, dass ich gehe?«

Ich schüttle den Kopf. Ja, es stimmt, er hat mir vor ein paar Minuten noch Todesangst eingejagt, aber das war ja nicht wirklich *er*. Es war die Figur, die er gespielt hat. In einer Szene, von der ich mir vielleicht unbewusst gewünscht habe, dass er sie für mich nachspielt. Kann ich ihm das vorwerfen?

»Nein«, sage ich. »Aber können wir vielleicht ... Ich möchte heute Nacht nicht ... so tun als ob.«

Saint nickt und zieht mich an sich. »Lass uns heute Nacht wir selbst sein.«

Wegen all dem, was ich in der letzten Stunde mit ihm durchlebt habe, sollte mich dieser Satz wahrscheinlich eher frösteln lassen, aber das Gegenteil ist der Fall. Er erfüllt mich mit einer Wärme, die ich so nicht erwartet hätte.

Ich schaffe es einfach nicht, wegen etwas wütend auf Saint zu sein, wozu ich ihn vermutlich selbst unbeabsichtigt ermuntert habe.

An seinen in klitschnasse Klamotten gehüllten Körper geschmiegt, wird mir plötzlich bewusst, dass ich selbst splitternackt bin. Ich weiß nicht wirklich, wie ich es finde, dass er mich so sieht, nachdem wir bisher nicht mehr getan haben, als uns zu küssen.

Saint scheint meine Gedanken zu lesen, denn er beugt sich aus der Kabine und zieht das Badetuch von der Stange neben der Dusche. Dann schaltet er das Wasser ab, hüllt mich in das Tuch und gibt mir noch einen zärtlichen Kuss, bevor er aus der Dusche steigt und sein nasses T-Shirt auszieht. Er hält es in der Hand und sieht mich an, als wüsste er nicht, was er damit tun soll.

Ich gehe zum Schrank, nehme ein frisches Badetuch heraus und gebe es ihm. »Deine nassen Sachen kann ich schnell in den Trockner werfen. Leider ist das Handtuch das einzige Stück Stoff in deiner Größe, das ich hier habe.«

Ich warte vor der Badezimmertür, während er sich auszieht und mir seine Klamotten dann rausreicht. Als ich sie im Haushaltsraum in den Trockner werfe, merke ich, wie gut es mir tut, Kontrolle über die Situation zu haben. Saint muss hierbleiben, bis seine Sachen trocken sind, also kann er nicht wieder einfach so sang- und klanglos verschwinden wie die beiden letzten Male.

Als ich in die Küche zurückkomme, stellt Saint, das Badetuch lässig um die Hüfte geschlungen, gerade den Wasserkessel auf den Herd. »Möchtest du auch einen Tee?«, fragt er, ohne sich zu mir umzudrehen.

»Ja, gerne.« Ich bin auch nur in ein Badetuch gehüllt, aber im Gegensatz zu ihm habe ich einen Schrank voller Klamotten hier. Ich gehe ins Schlafzimmer, streife mir nach kurzem Nachdenken aber dann doch nur den Morgenmantel über, den ich in der Nacht anhatte, als er das erste Mal hier vor der Tür stand. Damals habe ich mich nackt gefühlt, aber jetzt hätte ich das Gefühl, mit allem anderen viel zu angezogen zu sein, während er nur das Badetuch hat. Anschließend gehe ich noch mal ins Bad, weil ich einen Moment für mich allein brauche.

Ich sehe in den Spiegel. Meine Haare hängen nass und strähnig um mein Gesicht. Nachdem ich sie geföhnt und zu einem Knoten hochgesteckt habe, lege ich den Föhn wieder in den Schrank zurück. Dabei fällt mein Blick auf das Fläschchen mit den Xanax, die ich manchmal nehme. Ohne lange zu überlegen, schlucke ich eine.

Als ich wieder in die Küche komme, gießt Saint gerade kochendes Wasser in zwei Becher.

Ich betrachte seinen nackten Oberkörper und stelle fest, dass er ziemlich genau so aussieht, wie ich Cam in meinem Buch beschrieben habe: breiter, durchtrainierter Rücken, schmale Hüften, gebräunte, glatte Haut.

Allerdings werde ich die Szene trotzdem noch mal überarbeiten müssen, weil mir klar wird, dass ich ihm trotzdem nicht gerecht geworden bin. Jetzt, wo ich am eigenen Leib erlebt habe, wie stark Saint ist, muss ich Cams Arme als noch muskulöser beschreiben. Ich habe mich vorhin mit Händen und Füßen gegen ihn zur Wehr gesetzt, und trotzdem war es ein Leichtes für ihn, mich zu überwältigen. Es ist sehr beruhigend zu wissen, dass er diese Kraft einsetzen kann, um mich zu beschützen.

Saint schiebt mir einen der dampfenden Becher hin, ich nehme einen kleinen Schluck und schließe die Augen. Das ist genau das, was ich brauche. Die Xanax fängt langsam auch an zu wirken.

Als ich die Augen wieder öffne, bemerke ich, dass Saint mich nachdenklich ansieht, während er von seinem Tee trinkt.

Ich habe unendlich viele Fragen an ihn, gleichzeitig hält mich etwas davon ab, das Geheimnis, das ihn umgibt, wirklich zu ergründen. Bisher kenne ich von ihm praktisch nur seinen Namen und seinen Beruf. Wenn ich ihm Fragen stelle, riskiere ich, dass seine Antworten womöglich allem widersprechen, was ich seinem Charakter in meiner Vorstellung zugeschrieben habe.

Saint stellt seinen Becher auf die Theke, dann nimmt er mir meinen aus der Hand und stellt ihn daneben. Er streicht mit beiden Händen meinen Rücken hinab und umfasst meine Pobacken, um mich im nächsten Moment mit einem Ruck hochzuheben und neben dem Gasherd auf die Arbeitsplatte zu setzen.

Er greift nach meinem rechten Handgelenk und betrachtet es, dann hebt er die andere Hand an und streicht mit den Daumen zart über die roten Striemen, die das Seil in meiner Haut hinterlassen hat.

»Habe ich dir wehgetan?«

Ich schüttle den Kopf. »Schon okay.«

Er verengt die Augen, als würde er mir nicht glauben. »Sag mir bitte die Wahrheit.«

Ich schüttle noch mal den Kopf. »Wirklich. Es ist okay. Das wird wieder.«

Meine Antwort scheint ihn halbwegs zu überzeugen – es ist aber auch die Wahrheit. Ja, gut, wahrscheinlich werde ich morgen Blutergüsse an den Hand- und Fußgelenken haben, aber ich bin nicht ernsthaft verletzt. Offen gestanden habe ich mir beim Sex schon schlimmere blaue Flecken geholt. Und es ist ja nicht so, als hätte Saint mir bewusst wehtun wollen. Er hat sich bloß Mühe gegeben, seine Rolle in diesem Spiel glaubwürdig zu spielen. Dem Spiel, das ich letztlich selbst begonnen habe, oder?

Glaube ich jedenfalls. Ich weiß nicht, wer wirklich damit angefangen hat.

Allerdings weiß ich genau, dass ich nicht möchte, dass wir es beenden. Ich will mehr davon – mehr von Saint. Seit er hier aufgetaucht ist, quillt mein Kopf über vor Ideen für meinen Roman. Und obwohl ich mit absoluter Gewissheit sagen kann, dass ich so etwas wie vorhin nicht noch mal erleben möchte, spüre ich jetzt mit ein bisschen Abstand, dass ich auch von dieser Erfahrung wieder profitieren werde. Ich bin ziemlich zuversichtlich, dass sich mein Buch dank Saint diesmal sehr realistisch und authentisch lesen wird.

Ich sehe das Verlangen in seinem Blick und mag es, dass er mich zu nichts drängt und es mir überlässt, was als Nächstes zwischen uns passiert.

Nach kurzem Zögern hebe ich die rechte Hand und streiche mit dem Daumen sanft über seine Unterlippe, bevor ich mich zu ihm beuge und ihn küsse. Ich spüre sein Lächeln, aber er hält sich weiter zurück und wartet ab, in welche Richtung ich den Kuss lenke. Ich lasse meine Zunge zwischen seine Lippen gleiten.

Mittlerweile steht er zwischen meinen Beinen, sodass ich durch das Badetuch spüren kann, wie er sofort hart wird. Und in dem Moment, in dem ich die Schenkel um seine Hüfte schlinge, übernimmt er die Führung.

Er umfasst mein Gesicht mit beiden Händen, vertieft unseren Kuss und zieht mich zur Kante der Arbeitsplatte, sodass ich noch dichter bei ihm bin.

Ich lege den Kopf in den Nacken, als er sich an meiner Kehle abwärts küsst, und muss die Augen schließen, weil mir unter seinen Berührungen schwindelig wird. Seine Finger gleiten am Kragen meines Morgenmantels entlang.

»Darf ich?«, fragt er leise.

Ich hebe den Kopf, sehe ihn an und nicke stumm. Saint senkt den Blick, dann öffnet er den Morgenmantel und streift ihn mir über die Schultern. Ich hebe das Becken ein wenig an, damit er ihn unter mir wegziehen kann. Er legt ihn sich über die Schulter und holt geräuschvoll Luft, als er den Zeigefinger zwischen meinen Brüsten langsam nach unten gleiten lässt.

Als sich seine Finger um meine Brust schließen, fällt mein Blick auf seinen Ehering.

Sind meine Brüste hübscher als die seiner Frau?

Bin *ich* hübscher als sie?

Er beugt sich vor und nimmt meine Brustwarze in den Mund, was einen solchen Schauer durch meinen Körper jagt, dass ich mit der Hand in seine Haare packe und ihn noch enger an mich ziehe. Er saugt gierig an meiner Brust, und von der Sanftheit, die er ausgestrahlt hat, seit ich vorhin aus dem Bad gekommen bin, ist auf einmal nichts mehr zu spüren.

Jetzt hat seine hungrige Seite übernommen, und sein Mund ist plötzlich überall ... erst auf der linken, dann der rechten Brust, wieder an meiner Kehle, auf meinen Lippen. Ich registriere kaum, wo genau ich seine Lippen spüre, weil sie schon wieder weitergewandert sind.

Irgendwann hebt er mich von der Theke und hält mich an sich gepresst, während seine Zunge tief in meinen Mund eintaucht. Ich bin froh, dass er mich trägt, weil meine Knie jetzt garantiert viel zu sehr zittern, als dass ich noch selbst laufen könnte.

Saint geht mit mir zum Sofa, setzt mich darauf ab, reißt sich das Badetuch von der Hüfte und senkt sich auf mich. Das alles passiert so schnell, dass ich gar keine Zeit habe, ihn anzuschauen, um mich auf das vorzubereiten, was gleich kommt.

So etwas wie das hier habe ich noch nie selbst erlebt – die Art von Sex, die die Protagonistinnen meiner Bücher haben. Die Männer, die ich in meinem Leben hatte, waren alle eher durchschnittlich ausgestattet. Deshalb musste ich immer meine Fantasie spielen lassen, um zu beschreiben, wie es ist, mit einem Mann zu schlafen, bei dem das Eindringen im ersten Moment fast ein bisschen wehtut.

Aber als ich meine Beine um seine Hüfte schlinge und seinen beinahe beängstigend großen Penis an meinem Schenkel spüre, ist mir klar, dass ich mir gleich nichts mehr ausmalen muss.

In dem Moment, in dem Saint sich auf mir bewegt, um in mich hineinzugleiten, bekomme ich kurz Angst. »Bleib ganz entspannt«, raunt er an meinem Mund. »Du wirst den Schmerz bald vergessen. Das verspreche ich dir.« Seine sanfte Stimme und die Wärme in seinem Blick lassen mich dahinschmelzen.

Als er langsam und vorsichtig in mich eindringt, schließe ich die Augen und genieße jede Sekunde. Ich spüre dem süßen Schmerz nach, meiner Lust und den erregten Lauten, die wir beide von uns geben. Ich stelle mir vor, wie ich das, was ich gerade erlebe, später beschreiben werde.

Schmerzhaft und erfüllend zugleich.

Sinnlich und animalisch zugleich.

Wir finden bald in einen gemeinsamen Rhythmus, und es dauert nicht lang, bis ich aufhöre, nach Wörtern zu suchen, um es zu beschreiben. Ich gebe mich ganz der Erfahrung hin, wie absolut perfekt sich dieser Sex anfühlt. Die Schuldgefühle, die sich hineinmischen, lösen sich in Luft auf, sobald Saint mich küsst.

Daran könnte ich mich gewöhnen.

Total.

Dieser Gedanke macht mir Angst.

6

Um vier Uhr morgens ist Saint gegangen.

Vorher hatten wir noch mal Sex, diesmal auf dem Bett.

Ich weiß nicht, wie er seiner Frau erklären will, wo er war – wahrscheinlich redet er sich mit einem nächtlichen Streifendienst heraus –, aber er hat mir versprochen, heute Nachmittag wiederzukommen.

Als es an der Tür klopft, öffne ich verwirrt die Augen. Es kann auf gar keinen Fall schon Nachmittag sein. So lange habe ich noch nie geschlafen. Aber das Klopfen hört nicht auf, und die Sonne strahlt hell durchs Fenster. Ich drehe mich zur Seite und werfe einen Blick auf mein Handy. Kurz nach neun.

Warum ist er so früh schon wieder hier?

Ich stehe schnell auf und greife nach meinem Morgenmantel. Als ich aus dem Schlafzimmer komme, muss ich die Augen mit der Hand abschirmen, weil die Helligkeit so blendet. Auf dem Weg zur Tür werfe ich einen Blick durchs Fenster, das zur Straße hinausgeht, und bleibe wie erstarrt stehen.

Der Wagen, der vor der Hütte parkt, ist kein Streifenwagen.

Das ist *Michaels* Wagen.

Fuck.

Fuck, fuck, fuck.

Was macht er hier? Hat er die Mädchen mitgebracht?

Ich fasse es nicht.

Er kommt nie her, wenn ich zum Schreiben hier bin.

In dem Moment, in dem ich ins Schlafzimmer stürzen will, um mich zu vergewissern, dass Saint nicht irgendetwas von sich hier vergessen hat, taucht Chloe am Fenster auf, presst die Händchen an die Scheibe und späht hinein. »Mommy!«, jubelt sie, dann springt sie einen Schritt zurück und zeigt nach drinnen. »Daddy! Ich sehe Mommy.«

Jetzt schaut auch Michael durchs Fenster. Er winkt mir zu. »Überraschung!«, ruft er.

Ich gehe so langsam, wie ich nur kann, zur Tür und schaue mich aufmerksam um, ob irgendetwas hier verraten könnte, dass ich die letzte Woche so gelebt habe, als wäre ich nicht verheiratet.

Was habe ich nur getan?

Saint! Ich muss ihm unbedingt schreiben, dass er heute Nachmittag auf keinen Fall vorbeikommen darf.

Mit zitternden Fingern schiebe ich den Riegel zur Seite, löse die Kette an der Tür und ziehe sie auf. Chloe und Andi stürmen an ihrem Vater vorbei auf mich zu und schlingen die Arme um meine Hüften. Ich drücke sie an mich, weil mir meine Töchter unendlich fehlen, wenn ich mich zum Arbeiten in die Hütte zurückziehe. Wobei ich mich immer damit tröste, dass ich hier viel effektiver schreiben und deshalb umso mehr Zeit mit ihnen verbringen kann, wenn ich wieder zu Hause bin.

Ich hocke mich hin und ziehe sie noch enger an mich.

»Wir wollten dich überraschen«, juchzt Andi und hüpft auf und ab.

Ich sehe zu Michael auf, der zwei Tüten mit Einkäufen im Arm trägt, und zwinge mir ein Lächeln ins Gesicht. »Das ist euch gelungen.«

Als ich mich wieder aufrichte, beugt er sich vor und küsst mich. »Tut mir leid«, flüstert er. »Ich musste ihnen versprechen, dir vorher nichts zu verraten.«

»Schon in Ordnung. Ich freue mich«, behaupte ich und hoffe, dass das überzeugend klingt. »Ich kann eine Pause gerade sehr gut gebrauchen.«

Michael stellt die Tüten auf die Theke und geht wieder zur Tür. »Wir kochen dir heute Abendessen«, sagt er. »Ich hole schnell noch die restlichen Sachen rein.« Er verschwindet wieder nach draußen.

»Mommy muss sich jetzt erst mal was anziehen«, sage

ich zu den Mädchen. »Aber ihr könnt schon mal anfangen, die Einkäufe wegzuräumen.«

Die beiden sind noch zu klein, um zu wissen, wo die Sachen hinkommen. Andi ist erst vier und Chloe fünf. Michael und ich wollten unsere Kinder möglichst schnell hintereinander bekommen, weil wir gehofft haben, es wäre einfacher, wenn wir die anstrengenden ersten Jahre in einem Aufwasch hinter uns bringen.

Andi zieht einen Stuhl an die Arbeitsfläche, klettert darauf und beginnt zusammen mit Chloe, die Lebensmittel aus den Tüten zu holen. Ich gehe schnell ins Schlafzimmer, nehme das Handy vom Nachttisch und öffne den Chat mit Saint.

Bitte komm heute auf keinen Fall her.

Danach werfe ich das Handy aufs Bett und ziehe den Morgenmantel aus. Als ich mir gerade ein T-Shirt überstreife, höre ich das Summen, das anzeigt, dass er geantwortet hat.

Alles okay?

Ich will ihn nicht anlügen. Warum auch? Er hätte keinen Grund, wütend zu sein, schließlich hat er mich nie gefragt, ob ich verheiratet bin. Außerdem ist er selbst verheiratet. Er wird es verstehen. Vielleicht ist er sogar erleichtert.

Mein Mann und die Kinder sind
überraschend gekommen.

Ich lösche unseren Chat und ziehe eine Jeans an. Das Handy stelle ich auf stumm und stecke es ein, damit Michael nichts mitbekommt, falls Saint doch noch mal schreiben sollte. Er ist gerade mit den übrigen Einkäufen reingekommen.

Chloe rennt auf mich zu, bleibt vor mir stehen und drückt sich ihre kleinen Fäuste ans Kinn. »Mommy? Dürfen wir in den Whirlpool?«

»Au ja! Bitte!«, ruft Andi begeistert.

Ich nicke und sehe zu Michael rüber. »Wir gehen eine Runde baden. Kommst du mit?«

Ich bin bereit, alles zu tun, um den Anschein zu erwecken, eine gute Ehefrau und Mutter zu sein, und nicht der furchtbare Mensch, der ich die ganze letzte Woche gewesen bin.

7

»Wer ist das?« Michael steht am Herd und kocht unser Abendessen. Er schaut aus dem Fenster.

Ich sitze am Küchentisch und puzzle zusammen mit den Mädchen. Als ich mich umdrehe, erstarre ich. Ein schwarzer Wagen biegt in die Einfahrt.

Ich habe das Gefühl, dass mir alles Blut aus dem Gesicht sackt, als Saint aussteigt.

Was will er hier?

Ich gerate sofort in Panik. Mein Herzschlag dröhnt mir in den Ohren.

Als Michael verwundert sagt: »Das ist ein Polizist« und zur Tür geht, schiebe ich Andi von meinem Schoß, stehe auf und folge ihm. Ich würde am liebsten rufen, dass er nicht aufmachen soll, bekomme aber kein Wort heraus.

Wir beobachten durchs Fenster, wie Saint langsam um Michaels Wagen herumgeht. Mir bricht kalter Schweiß aus, und ich habe ernsthaft Angst, man könnte hören, wie heftig mein Herz schlägt.

Als Michael die Tür aufmacht, sehe ich vor meinem geistigen Auge, wie unsere Ehe in ihre Einzelteile zerbröselt.

Warum sonst sollte Saint hier sein?

Michael tritt auf die Veranda, während ich wie gelähmt in der Tür stehen bleibe.

Saint trägt seine Uniform und sieht erst Michael an, dann mich. Sein Kiefer wird hart, als er – ohne den Blick von mir zu nehmen – sagt: »Entschuldigen Sie die Störung.« Er kommt auf die Hütte zu und bleibt vor den Stufen zur Veranda stehen. »Ich fahre hier gerade meine übliche Runde«, sagt er zu Michael, »und da ist mir aufgefallen, dass Sie keinen Besucherpass haben.«

Michael zieht erstaunt die Brauen zusammen. »Einen ... Besucherpass?«

Saint nickt. »Jeder, der in der Gemeinde mit einem Fahrzeug unterwegs ist, ohne hier zu wohnen, muss seit Neuestem einen Besucherpass vorweisen.«

Michael findet das offensichtlich genauso absurd wie ich und lacht, aber ich habe zu viel Angst, um auch nur ein Lächeln vortäuschen zu können. Natürlich weiß ich, dass Saint lügt. Man braucht keinen Pass. Es ist riskant für ihn, so einen Unsinn zu behaupten. Er kann ja nicht wissen, wie gut sich Michael hier auskennt.

»Das war mir nicht klar.« Michael dreht sich zu mir. »Wusstest du das?«

Saint sieht mich ausdruckslos an.

Ich nicke und räuspere mich. »Ja, stimmt, das ist so eine neue Vorschrift. Ich hab ganz vergessen, dir das zu sagen.«

Michael deutet auf mich und wendet sich an Saint. »Sie hat vergessen, es mir zu sagen«, sagt er lachend, als würde er hoffen, dass Saint lächelt. Aber Saint lächelt nicht und starrt immer noch mich an.

»Ich bin nur für eine Nacht hier«, sagt Michael. »Morgen um acht fahre ich wieder. Könnten Sie in dem Fall nicht eine Ausnahme machen?«

Jetzt sieht Saint endlich wieder Michael an. Er nickt knapp. »Ich komme morgen vorbei, um zu überprüfen, ob Ihr Wagen weg ist«, sagt er mit fast warnendem Unterton in der Stimme.

Michael wirft mir über die Schulter einen Blick zu und verdreht leicht die Augen, als würde er Saint für verrückt halten.

Vielleicht ist er das ja auch.

Was soll das? Spielt er gerade die Rolle des eifersüchtigen, besitzergreifenden Cam? Ich habe keine Ahnung.

Saint tippt sich an die Mütze. »Gut. Dann wünsche ich Ihnen beiden einen schönen Abend.« Um seine Mundwinkel spielt ein fast unmerkliches Grinsen. Er schlendert zu seinem Wagen und steigt ein.

Ich drehe mich um und fliehe zurück in die Hütte, wo ich sofort die Weinflasche aus dem Kühlschrank nehme.

Michael stellt sich wieder an den Herd. »Komisch. Seit wann sind die hier in der Gegend so streng?«

»Tja, keine Ahnung«, murmle ich und schenke uns beiden ein Glas ein.

»Aber weißt du was?« Michael kommt zu mir und schlingt die Arme um mich. »Eigentlich finde ich das gar nicht so schlecht. Schließlich bist du allein hier.«

Ich ringe mir ein Lächeln ab. »Ja, stimmt. Das ist ... beruhigend«, sage ich, obwohl ich es alles andere als beruhigend finde.

Es ist extrem beunruhigend.

Der Rest des Abends vergeht ohne weitere Zwischenfälle.

Gegen neun liegen die Mädchen schlafend im Bett. Michael und ich haben es uns auf der Couch bequem gemacht. Er erledigt noch ein paar Arbeitsmails am Laptop, ich starre auf den Fernseher, ohne wirklich etwas mitzubekommen. Meine Schuldgefühle nehmen zu viel Raum ein, als dass ich mich auf irgendetwas anderes konzentrieren könnte.

Ich habe Michael noch nie betrogen, bin nie in Versuchung geraten. Wir führen eine gute Ehe, und ich bin eigentlich nicht der Typ für eine Affäre, andererseits habe ich immer das Gefühl, mich in einen anderen Menschen zu verwandeln, wenn ich hier in der Hütte bin und arbeite. Oft steigere ich mich, als würde ich eine Art *Method Writing* praktizieren, so in die Handlung des Buches hinein, dass ich quasi zu der Protagonistin werde, die ich erschaffe. Vermutlich könnte ich das, was zwischen Saint und mir passiert ist, damit erklären. Aber eine Entschuldigung ist es nicht.

Ich habe meinen Mann betrogen und kann nur hoffen, dass er es nie erfährt.

Michael klappt den Laptop zu, legt ihn neben sich und setzt sich so hin, dass er mich anschauen kann. Ich spüre seinen Blick, tue aber, als wäre ich auf den Fernseher konzentriert, obwohl ich keine Ahnung habe, was dort läuft.

»Damit hatte ich nicht gerechnet«, sagt er.

Ich drehe mich ihm zu. »Womit hast du nicht gerechnet?«

»Dass du dich gar nicht freust, dass wir da sind.«

»Wie bitte? Natürlich freue ich mich.«

Er schüttelt lächelnd den Kopf. »Du warst total im Flow, das habe ich dir gleich angemerkt. Es war, als hätten wir dich aus einem Traum gerissen.«

»Oder aus einem Albtraum.«

Er lacht. »Du bist immer schon zu streng mit dir gewesen, aber es zahlt sich auch aus. Jedes Mal, wenn du in der Hütte warst, bist du mit einem neuen Buch zurückgekommen.«

Er hat absolut recht. Wobei mir das bei ihm ein bisschen zu sehr nach Urlaub klingt. Michael kann nicht nachvollziehen, wie viel Blut, Schweiß und Tränen in jedes meiner Bücher fließen. Aber ich nehme ihm das nicht übel. Niemand, der nicht selbst schreibt, versteht, wie sehr einen dieser Prozess emotional auslaugt.

Ich habe es mir mit angezogenen Beinen in der Sofaecke gemütlich gemacht, aber jetzt zieht mich Michael an den Füßen sanft in eine ausgestreckte Position und legt sich zu mir. Bei dem Gedanken, dass ich gestern Nacht genau hier auf dieser Couch mit einem anderen Mann Sex hatte, wird mir ganz schlecht vor Schuldgefühlen.

Als Michael anfängt, mich zärtlich zu küssen, ist klar, dass es nicht dabei bleiben wird. Weil er am liebsten ganz gemütlich im Bett Sex hat, wird er gleich wollen, dass wir ins Schlafzimmer umsiedeln. Ehrlich gesagt weiß ich gar nicht, ob wir es überhaupt schon jemals auf einer Couch gemacht haben.

»Lass uns rübergehen, hm?«, raunt er mir nach ein paar Minuten wie erwartet ins Ohr.

»Okay«, sage ich. »Ich muss nur noch kurz ein paar Mails abschicken und komme gleich nach.«

»Lass dir ruhig Zeit. Ich will sowieso noch duschen.« Er steht auf und streckt mir die Hand hin, um mir vom Sofa aufzuhelfen. Ich gehe zur Theke, wo mein Laptop steht, und Michael verschwindet im Schlafzimmer. Sobald ich im Bad das Wasser rauschen höre, schleiche ich mich mit meinem Handy auf die Veranda raus und rufe Saint an.

Er meldet sich nach dem dritten Klingeln. »Ich dachte mir schon, dass ich noch mal von dir höre, bevor ihr ins Bett geht.« In seiner Stimme schwingt ein amüsierter Unterton mit, der mich wütend macht.

»Was zum Teufel sollte das vorhin?«, fauche ich.

»Du bist verheiratet.« Jetzt klingt seine Stimme hart.

»Stimmt. Genau wie du.«

»Ich habe daraus aber nie ein Geheimnis gemacht.«

Ich werfe schnell einen Blick durchs Fenster, um mich zu vergewissern, dass Michael noch im Bad ist. »Ich habe auch kein Geheimnis daraus gemacht. Du hast mich nie gefragt.«

Einen Moment lang herrscht Stille am anderen Ende, dann fragt Saint leise: »Wirst du ihn heute Nacht ficken?«

»Er ist mein verdammter Mann. Was glaubst du?«

»Also nein?« Da ist er wieder – der amüsierte Unterton –, und in diesem Moment begreife ich endlich, was Saint tut. Er gibt mir, was ich brauche. Er verhält sich wie ein kontrollierender, besitzergreifender, eifersüchtiger Liebhaber.

Aber gleichzeitig liegt da dieses versteckte Lächeln in seiner Stimme, das zeigt, dass er nicht wirklich eifersüchtig ist. Nein, das ist alles bloß Teil unseres Spiels.

Indem er vorhin trotz meiner Warnung hierhergekommen ist, hat er die Grenzen meines Erfahrungshorizonts erweitert. Er wollte mich am eigenen Leib erleben lassen, wie es sich anfühlt, Panik zu haben, die Affäre könnte auffliegen. Natürlich hat er es keine Sekunde ernsthaft darauf angelegt, dass Michael tatsächlich herausfindet, was zwischen uns passiert.

»Du machst mich fertig«, flüstere ich. »Ich hätte nicht erwartet, dass du es so weit treiben würdest.«

»Soll ich aufhören?«

Ich überlege kurz. Denke an Michael. Stelle mir vor, wie er sich fühlen würde, wenn er herausfände, was ich getan habe. Was ich weiterhin tue.

»Ein Wort genügt, Megan. Wenn du es nicht willst, musst du mich nie mehr wieder sehen.«

Meine Kehle schnürt sich zusammen. »Nein«, flüstere ich. »Ich ... ich will nicht, dass du aufhörst.«

»Gut«, sagt Saint. »Aber wenn wir weitermachen, musst du mir einen Gefallen tun.«

Ich schließe die Augen. »Was möchtest du?«, frage ich fast unhörbar.

»Wenn dein Mann dich heute Nacht ficken will, setz dich auf ihn und stell dir vor, du würdest *mich* ficken.«

Er legt auf.

Ich nehme das Handy vom Ohr und starre entgeistert auf das Display, während ich gleichzeitig spüre, wie Hitze in meinem Unterleib aufsteigt. Dass Saint so mit mir spricht – genau so, wie Cam mit Reya sprechen würde –, weckt in mir das starke Verlangen, sofort zu meinem Laptop zu gehen und eine Szene zu schreiben.

Allerdings ist mein Verlangen, zu Michael ins Bett zu kriechen und exakt das zu tun, was Saint von mir will, noch größer.

Als ich wieder reingehe, schließe ich die Tür ab und lösche das Licht.

Ich habe mich gerade ausgezogen und hingelegt, als Michael aus dem Bad kommt. Er wirft sein Handy auf den Nachttisch und schlägt die Decke zurück. Wir wechseln kein einziges Wort. Über Sex müssen wir nicht mehr sprechen, wir spüren es, wenn wir beide Lust haben.

Michael legt sich neben mich und beginnt, mich zu küssen und zu streicheln. Als mein Atem schwerer geht, legt er sich zwischen meine Beine und gleitet dann in mich hinein. Bei uns läuft es immer nach dem gleichen Schema ab. Ich hatte natürlich immer schon geahnt, dass es theoretisch auch anders geht, aber erst seit ich mit Saint geschlafen habe, weiß ich es.

Nach einiger Zeit schlinge ich die Arme um Michael, drehe mich sanft zusammen mit ihm um, sodass er unter mir liegt, und tue, was Saint von mir verlangt hat. Michael stöhnt auf, als ich mich rittlings auf ihn setze. Als ich anfange, mich rhythmisch auf- und abzubewegen, umfasst er mit beiden Händen meine Hüften. Ich lege den Kopf in den Nacken, schließe die Augen und stelle mir vor, es wäre nicht Michael, der unter mir liegt, sondern Saint. Und als seine Finger zwischen meine Schenkel geiten und er anfängt, mich zu streicheln, stelle ich mir vor, es wären Saints Finger.

Unser Rhythmus wird schneller, und als ich spüre, wie sich mein Höhepunkt ankündigt, öffne ich die Augen.

Was ich sehe, lässt mich nach Luft schnappen.

Saint steht draußen vor unserem Schlafzimmerfenster.

Er steht im hellen Licht des Vollmonds, sein Körper wirft einen Schatten auf Michaels Gesicht.

Ich bin so geschockt, dass ich mitten in der Bewegung erstarre.

Michael scheint zum Glück zu glauben, ich würde innehalten, weil ich kurz davor bin, zu kommen, also stöhne ich und verziehe lustvoll das Gesicht. Er darf auf gar keinen Fall auf die Idee kommen, sich womöglich umzudrehen und aus dem Fenster zu schauen.

Mein Blick ist auf Saint gerichtet, weil ich panische Angst habe, er könnte irgendetwas tun, das Michael misstrauisch macht. Er sieht mich durchdringend an, aber den Ausdruck in seinen Augen kann ich nicht deuten. Ist er erregt oder eifersüchtig?

Jetzt zieht er eine Augenbraue hoch, und um seine Mundwinkel spielt der Anflug eines Lächelns, als er mir mit einem leichten Nicken zu verstehen gibt, dass ich weitermachen soll.

Meine Lippen beben, aber das hat nichts mit Michaels Berührungen zu tun. Sie beben, weil ich so angespannt bin. Und ja ... so schrecklich das ist, sie beben auch deshalb, weil ich die Situation erregend finde. Und dann beginne ich, Michael – sehr langsam – wieder zu reiten.

Saints Blick wandert über meinen Körper, und er ist so voller Verlangen, dass ich mich unwillkürlich schneller bewege. Irgendwann ziehe ich Michaels Hand weg und lege sie mir auf die Hüften. Ich will allein durch Saints Blick kommen, nicht durch Michaels Finger.

Als ich runterschaue, sehe ich, dass Michael die Augen geschlossen hat. Ich wende mich wieder Saint zu und streiche mir mit beiden Händen langsam über den Bauch hinauf zu meinen Brüsten. Saints Blick wird noch brennender. Er lässt mich erschauern, und ich habe Schwierigkeiten, meine Augen weiter offen zu halten. Unter mir stöhnt Michael und zeigt an, dass er gleich so weit ist, weshalb ich eine Hand wieder zwischen meine Beine schiebe, um gleichzeitig mit ihm zu kommen.

Die Woge der Lust, die mich erfasst, ist heftiger und so anders als alles, was ich jemals mit Michael erlebt habe. Ein gellender Schrei lässt mich erzittern, und ich hebe und senke mich immer weiter auf Michael, obwohl ich weiß, dass er schon fertig ist. Am ganzen Körper bebend reißt mich Welle um Welle mit sich. Dieser Orgasmus dauert so lang und ist so unfassbar intensiv, dass ich mich irgendwann nicht mehr aufrecht halten kann und wimmernd über Michael zusammenbreche.

Er streicht mir mit den Händen über den Rücken und drückt die Lippen auf meine Schulter.

Nach ein paar Minuten lasse ich mich erschöpft zur Seite fallen und hebe unauffällig den Kopf, um zum Fenster zu spähen.

Saint ist verschwunden.

Ich schließe die Augen wieder und drücke meine Schläfe an die meines Mannes. Hinter meinen Lidern brennen Tränen, und dabei kann ich nicht einmal sagen, warum ich weine. Ich fühle mich schuldig, aber traurig bin ich nicht.

Das ist alles so krank.

Wahrscheinlich das Krankeste, was ich jemals in meinem Leben getan habe.

Und das Schlimmste ist, dass ich es ziemlich sicher sofort wieder tun würde, wenn ich die Gelegenheit dazu hätte. Es hat sich einfach viel zu gut angefühlt.

»Das war ... absolut überwältigend für mich. Es tut mir leid, dass du heute ein bisschen zu kurz gekommen bist«, sagt Michael.

Ich muss fast lachen, weil er das anscheinend ernsthaft glaubt, verkneife es mir aber. Stattdessen versuche ich zu sagen, was eine gute Frau und Mutter in so einem Moment sagen würde: »Ich glaube, ich war zu laut. Hoffentlich hab ich die Kinder nicht geweckt.«

»Keine Sorge, die schlafen doch immer so fest.« Michael gibt mir einen Kuss, dann greift er nach dem Handtuch, das er aus dem Bad mitgebracht hat, und reibt mich zwischen den Beinen trocken, wie er es nach dem Sex immer macht.

Bisher fand ich das fürsorglich und süß von ihm. Saint hat das gestern Nacht nicht getan, er schien es sogar zu genießen, dass ich seine Spuren an meinem Körper trage. Und erstaunlicherweise hat mir genau das auch gefallen.

Saint ist alles, was Michael nicht ist, und das ist gut und schlecht zugleich.

Michael steht auf, um das Handtuch in den Wäschekorb zu werfen. Als er kurz darauf wieder zu mir ins Bett kommt, beugt er sich über mich und raunt: »Ich liebe dich.«

Ich drehe ihm den Rücken zu und umschlinge mein Kissen mit beiden Armen. »Ich liebe dich auch.«

8

Ich schnalle die Mädchen in ihre Kindersitze und gebe ihnen einen Abschiedskuss. »In einer Woche bin ich wieder bei euch.«

»Wie lange ist das?«, fragt Andi.

»Bloß dreißig Tage«, sagt Chloe.

»Sogar bloß sieben«, korrigiere ich sie.

»Nein, dreißig«, beharrt Chloe. »Und manchmal einunddreißig. Hat meine Lehrerin gesagt.«

Ich beschließe, nicht zu widersprechen, und sage lächelnd: »Also gut, dann dreißig Tage.« Die beiden haben sowieso keine Vorstellung davon, wie lang ein Tag oder eine Woche oder ein Monat ist.

Nachdem ich die Wagentür zugedrückt habe, zieht Michael mich zum Abschied in eine Umarmung und drückt mir einen Kuss auf die Wange. »Ich bin froh, dass wir gekommen sind«, sagt er. »Vielleicht war das gestern Nacht ja die Inspiration, die du gebraucht hast.«

Wenn er wüsste.

»Ich fand es auch sehr schön, dass ihr da wart«, sage ich und gebe ihm einen Kuss. Er setzt sich lächelnd hinters Steuer und fährt aus der Einfahrt. Ich winke ihm und den Mädchen, bis der Wagen nicht mehr zu sehen ist.

Sobald ich sicher bin, dass sie wirklich weg sind, gehe ich zur Hütte. Ich muss unbedingt Saint anrufen. Seit gestern Nacht kann ich an nichts anderes mehr denken als an ihn.

Ich reiße die Tür auf und erstarre. Saint steht vor mir.

Es läuft mir kalt den Rücken hinunter.

Wie ist er reingekommen?

Seit wann ist er da?

Er macht die Tür zu, schließt ab, umfasst mit festem Griff mein Kinn und küsst mich hart.

Ich weiß nicht, warum ich dieses kranke Spiel, das wir hier treiben, so liebe, aber statt ihn wegzustoßen, ziehe ich ihn mit einem Stöhnen an mich.

Ich glaube, es ist die Coolness, mit der Saint jedes Risiko in Kauf nimmt, die mich so fasziniert. Er macht Dinge, die Michael nicht im Traum einfallen würden. Er verunsichert mich, bringt mich in Grenzsituationen.

Und er genießt jede Sekunde davon.

Irgendwann löst er sich von mir und drückt seine Stirn an meine. »Geh unter die Dusche und wasch ihn ab.«

Sein Befehlston empört mich. »Wie bitte? Leck mich.«

Saint packt mich am Handgelenk und zieht mich ins Schlafzimmer. »Erst, wenn du dich gewaschen hast.«

Er hat mich schon ins Bad geschoben, bevor ich überhaupt eine Chance hatte, mich zu widersetzen. Ich verspüre den Impuls, wegzulaufen, sehne mich aber gleichzeitig nach dem, was er als Nächstes tun wird. »Du bist verrückt«, schnaube ich und entwinde mich seinem Griff.

Er nimmt mein Gesicht in beide Hände. »Und genau darauf stehst du«, sagt er, bevor er seine Lippen auf meine presst. Während er mich küsst, knöpft er meine Jeans auf und zieht sie und den Slip mit einem Ruck zu Boden. Anschließend streift er mir mein Top über den Kopf.

Er dreht die Dusche an und sieht mich erwartungsvoll an. »Na los, Megan.«

Ich finde es erregend, dass er mich in diesem Moment nicht Reya nennt. Indem er mich mit meinem echten Namen anspricht, gibt er mir das Gefühl, wirklich eifersüchtig zu sein. Als ich mich unter die Dusche stelle, fängt er an, sich ebenfalls auszuziehen.

Ich habe selbst mitbekommen, dass er die Haustür abgeschlossen hat, aber es könnte sein, dass Michael zurückkommt. Was, wenn er irgendetwas vergessen hat und ...

Sobald Saint zu mir in die Dusche steigt, habe ich keine Zeit mehr, diesen Gedanken weiterzuverfolgen. Er greift nach dem Duschkopf und richtet den Strahl zwischen meine Beine. Ich schnappe nach Luft, weil das Wasser noch kalt ist.

»Was machst du da?«

Saint presst seinen Mund an mein Ohr. »Ich wasche ihn dir aus der Pussy, damit ich dich lecken kann.«

Ein heißer Schauder durchläuft meinen Körper. Ich lehne mich zurück, presse den Kopf an die Wand und vergesse Michael ganz und gar.

9

Seit Michael und die Mädchen weg sind, hat Saint praktisch jede Nacht bei mir übernachtet – nur gestern hat er mir gesagt, er könnte nicht hier schlafen.

Ich habe ihn nicht nach dem Grund gefragt. Ich kenne ihn.

Als Detective arbeitet er normalerweise tagsüber, kann aber natürlich jederzeit gerufen werden, falls ein Einsatz seine Unterstützung erfordert. Ich nehme an, er hat die Nächte, die er nicht zu Hause bei seiner Frau verbracht hat, mit Ermittlungsarbeit begründet.

Ich frage ihn nicht nach Einzelheiten. Nicht, weil ich nicht neugierig wäre, sondern weil es mir nicht zusteht. Er fragt nicht nach Michael und meinen Kindern – ich frage nicht nach seiner Frau.

Wenn wir zusammen sind, sind wir Cam und Reya.

Saint und ich haben die letzten Nächte komplett in unseren Rollen gelebt. Wir haben getan, als wären wir ineinander verliebt, und hatten viel Sex. Morgens ist er gegangen, und ich habe den restlichen Tag am Laptop verbracht.

Er spielt seine Rolle verdammt gut. So gut, dass ich Angst davor habe, übermorgen fahren zu müssen. Ich könnte versuchen, die Hütte noch länger zu mieten, aber ich weiß nicht, ob das so eine gute Idee wäre. Wenn man merkt, dass man Gefahr läuft, eine Sucht zu entwickeln, ist es das Klügste, einen kalten Entzug zu machen. Und genau das ist mein Plan. Sobald ich wieder zu Hause bin, werde ich den Kontakt zu Saint abbrechen. Für immer.

Mittlerweile habe ich eine Rohfassung meines Romans, und es gibt keinen Grund, länger zu bleiben. Alles ist noch sehr unverbunden und liest sich ziemlich furchtbar, aber das ist in diesem Stadium normal. Das Wichtigste ist, dass mein neues Buch nicht nur ein Skelett hat, sondern auch Organe. Eine Seele. Vielleicht sogar schon einen Herzschlag. Ich spüre mich selbst in diesem Text, und möglicherweise ist es der erste Roman, den ich jemals geschrieben habe, auf dessen Veröffentlichung ich mich wirklich freue.

Wenn Saint nicht da war, habe ich eigentlich ununterbrochen geschrieben. Ich habe mir nicht einmal eine Pause gegönnt, um auf Candice' Anrufe zu reagieren. Aber ich weiß, dass das für sie kein Problem ist. Wir beide kennen diese Phasen, in denen wir unsere Arbeit nicht unterbrechen wollen. Wenn wir uns nicht melden, bedeutet das, wir sind produktiv. Es ist immer ein positives Zeichen, nichts voneinander zu hören.

Ich bin mir nicht sicher, ob ich ihr jemals von Saint erzählen werde. Sie ist zwar nicht nur meine Kollegin, sondern auch meine beste Freundin, aber auch als beste Freundin schafft man es manchmal nicht, über einen Betrug hinwegzusehen. Nicht einmal dann, wenn er gar nichts mit einem selbst zu tun hat. Candice weiß, wie sehr ich Michael liebe – und wenn ich *ihn* so verraten kann, wird sie sich womöglich fragen, ob ich nicht auch in der Lage wäre, sie eines Tages zu hintergehen.

Je mehr ich darüber nachdenke, desto mehr reift mein Entschluss, keinem einzigen Menschen jemals zu erzählen, was hier in der Hütte am See passiert ist. Das wird etwas sein, von dem nur Saint und ich wissen.

Gestern hat er angekündigt, heute nach seinem Dienst noch mal vorbeizukommen. Keine Ahnung, ob er über Nacht bleibt – ich hoffe es. Uns bleiben nur noch zwei Abende und ich bin egoistisch. Ich will ihn an beiden für mich haben.

Eben war ich im Supermarkt, um die Zutaten für eine Lasagne zu besorgen, die ich uns zum Abendessen machen will.

Michael hasst Lasagne. Vielleicht bin ich ja deswegen auf die Idee gekommen. Es verschafft mir eine merkwürdige Befriedigung, Unterschiede zwischen den beiden zu entdecken.

Ein paar Meilen vor der Abzweigung zur Hütte biege ich in die kleine Tankstelle am Straßenrand ein, um vielleicht schon für die Rückfahrt zu tanken, vor allem aber, um zu schauen, ob sie dort die zweiwöchentlich erscheinende Lokalzeitung verkaufen. Mich interessiert der Vorfall, der sich in der Nacht ereignet hat, in der Saint bei mir an der Hütte aufgetaucht ist. Vielleicht kann ich die Geschichte ja in mein Buch einbauen. Ich schreibe den Anfang meiner Romane im letzten Durchgang häufig noch mal um und überlege, die Szene, in der Cam und Reya sich zum ersten Mal begegnen, neu zu gestalten.

Mittlerweile könnte ich mir vorstellen, dass Saint das Buch sogar lesen wird. Ich denke, es würde ihm gefallen, dass einiges von dem, was zwischen uns passiert ist, darin enthalten ist. Aber natürlich werde ich gegenüber niemandem jemals zugeben, dass die Handlung teilweise auf wahren Ereignissen beruht. Das wird für immer mein und Saints Geheimnis bleiben.

Als ich die Zeitung durchblättere, kann ich darin nichts über die Verfolgungsjagd, die in einem Selbstmord endete, entdecken. Inzwischen ist es fast zwei Wochen her, dass sich der Mann in der Nähe meiner Hütte erschossen hat. Die nächste Ausgabe erscheint morgen – also müsste in der aktuellen eigentlich alles über den Fall stehen.

Vielleicht haben sie gar nicht darüber berichtet? Oder kann es sein, dass ich den Artikel übersehen habe?

Ich gehe mit der Zeitung zur Kasse und zeige sie dem Angestellten, einem glatzköpfigen Mann um die fünfzig mit einem derart weit vorstehenden Bauch, dass er ihn auf der Theke ablegen muss.

»Wann kommt denn die neue Ausgabe morgen raus?«, frage ich ihn.

Er zuckt mit den Schultern. »Das lässt sich nicht genau sagen, weil Lennie sie bringt. Manchmal kommt er, wenn ich hier aufmache, manchmal erst abends, kurz bevor ich schließe«, sagt er, als müsste ich Lennie kennen. »Warum fragen Sie? Ist da ein Artikel über Sie drin, oder was?«

»Nein, nein. Ich wollte nur gerne etwas Genaueres über diesen Selbstmord von vor knapp zwei Wochen wissen.«

Der Mann tippt etwas in seine Kasse. »Das macht dann einen Dollar fünfundzwanzig.« Er sieht mich an. »Welcher Selbstmord?«

Ich schiebe ihm fünf Vierteldollarmünzen hin. »Ich weiß nicht viel mehr, als dass sich ein Mann eine Verfolgungsjagd mit der Polizei geliefert hat, die dann damit endete, dass er sich in meiner Straße selbst getötet hat.«

»Welche Straße soll das sein?«

»Unten am See, im Hunter Trail.«

Er lacht. »Wenn es im Hunter Trail eine Verfolgungsjagd mit Selbstmord gegeben hätte, wüsste ich das aber.«

Die Türglocke bimmelt, und wir drehen uns beide zu dem Mann um, der gerade hereinkommt. Er sieht, dass ich bezahlt habe, und hält mir die Tür auf.

»Hey, Louie«, ruft der Tankstellenbesitzer ihm zu. »Hast du was von einer Verfolgungsjagd mit der Polizei und einem Selbstmord gehört? Soll vor ungefähr zwei Wochen gewesen sein.«

Der andere lacht. »Bei uns in der Gegend ganz sicher nicht. Wir hatten seit 2014 keinen Selbstmord mehr. Und dass es hier eine polizeiliche Verfolgungsjagd gab, ist noch länger her.«

Mir wird schwindelig. »Aber ich ...« Ich schüttle verwirrt den Kopf. »Irgendwas muss im Hunters Trail passiert sein. Einer Ihrer Detectives stand mitten in der Nacht vor meiner Tür und ...«

Louie betrachtet mich mit zusammengezogenen Brauen. »Ein Detective? Bei uns hier im Ort gibt es keinen Detective, Ma'am. Sind Sie aus Los Angeles? Was sind Sie? Journalistin?«

»Nein, nein, ich bin ... Ich schreibe Romane. Nicht für die Zeitung.« Ich greife in meine Jackentasche, hole mein Handy hervor und scrolle mit zitternden Fingern, um mein privates Fotoalbum zu öffnen. Vor zwei Tagen habe ich heimlich ein Foto von Saint gemacht. Ich wollte eine Erinnerung an ihn haben.

Ich gehe zu Louie und zeige ihm das Foto. »Diesen

Mann meine ich. Er ist doch Polizist hier im Ort, oder?«, frage ich.

Louie nimmt mir das Handy ab, betrachtet Saints Foto und lacht laut auf. »Bei uns gibt es zwei Polizisten, die Streife fahren. Glauben Sie mir, die beiden würden einiges dafür geben, so auszusehen wie der Typ.«

Das kann nicht sein.

Louie deutet auf den Kassierer. »Zeigen Sie das Bild Bill. Er hat die einzige Tankstelle hier in der Gegend. Der Mann muss da gewesen sein, um zu tanken oder irgendwas zu kaufen. Na ja ...«, murmelt er. »Es sei denn, er fährt einen Tesla.«

Ich gehe wieder zur Kasse zurück und halte Bill mein Handy hin. »Kennen Sie ihn?«

Bill schüttelt den Kopf. »Kennen wäre zu viel gesagt. Aber gesehen habe ich ihn schon. Das Gesicht vergisst man nicht so schnell. Großer, gut gebauter Typ. Fährt einen schwarzen Wagen.«

Mein Herz schlägt schneller. »Wo haben Sie ihn gesehen? Hier an der Tankstelle?«

Bill nickt. »Ja. Letzte Woche hat er ein paarmal getankt. Schätze, er ist Tourist, der eine der Hütten gemietet hat, weil ich ihn vorher nie hier gesehen habe.«

»Vielleicht ist er ja gerade erst hergezogen«, sage ich und merke selbst, dass ich verzweifelt versuche, eine Erklärung zu finden. »Und arbeitet noch nicht lange bei der Polizei.«

Louie scheint zu spüren, wie verunsichert ich bin. Er runzelt besorgt die Stirn, dann lässt er die Tür hinter sich zufallen und kommt ein paar Schritte auf mich zu. »Ma'am«, sagt er. »Ich weiß ja nicht, was dieser Mann Ihnen erzählt hat, aber ich kann Ihnen versichern, dass er nicht von hier ist. Und dass er ganz sicher nicht hier bei der Polizei arbeitet. Bill und ich wissen alles über jeden, der hier im Ort wohnt.«

Ich schüttle den Kopf. Ich weigere mich zu glauben, dass Saint nicht als Detective in dieser Stadt arbeitet, weil ... wenn er kein Polizist ist, wer ist er dann?

Wo kommt er her?

Wie kann es sein, dass die beiden ihn nicht kennen?

Warum stand nichts über die Verfolgungsjagd in der Zeitung?

Angesichts der vielen unbeantworteten Fragen wird mir übel. Ich stoße die Tür auf und stürze nach draußen. Louie ruft mir etwas hinterher, aber ich laufe direkt zum Auto. Ohne zu tanken, fahre ich so schnell ich kann zur Hütte, weil ich dort sein muss, bevor Saint auftaucht.

Ich muss an den Laptop.

Ich muss herausfinden, wer er ist, bevor er herausfindet, dass ich weiß, wer er *nicht* ist.

Als Erstes gebe ich *Nathaniel Saint* bei Google ein. Der Name bringt ein paar Treffer, aber die Suchergebnisse führen alle mehr oder weniger ins Nichts. Es gibt kein Profil unter diesem Namen auf den üblichen Plattformen, keinen Eintrag im öffentlichen Geburtenregister, keine irgendwo verzeichnete Eheschließung. Zumindest nicht für irgendwelche Nathaniel Saints, die jünger als achtzig sind.

Also hat er mir einen falschen Namen genannt. So viel weiß ich immerhin schon mal.

Mein Bein wippt unter dem Tisch in einem wilden Rhythmus, weil ich zunehmend nervöser werde. Nach ein paar Minuten springe ich auf und beginne, hin und her zu tigern. Versuche mich zu konzentrieren. Nachzudenken.

Okay. Wenn er nicht Nathaniel Saint heißt, wie soll ich dann herausfinden, wie er wirklich heißt? Ich habe keine anderen Anhaltspunkte. Keinerlei Informationen. Ich habe ihn noch nicht mal gefragt, wie seine Frau heißt.

Das Foto!

Vielleicht bringt eine Bildersuche etwas.

Ich setze mich wieder an den Laptop, maile mir das Foto selbst zu, öffne es auf dem Laptop, verschiebe es auf den Desktop und lade es in die Bildersuche hoch.

Mehrere Treffer werden angezeigt. Ich beginne zu scrollen, aber keiner dieser Männer ist Saint. Sie sehen ihm alle nur ganz entfernt ähnlich. Ich scrolle und scrolle und plötzlich bleibt mein Herz stehen. Ich habe ein Bild entdeckt, das er sein könnte.

Der Mann auf dem Foto sieht genauso aus wie er.

Bitte mach, dass er das ist.

Ich klicke darauf, und eine Facebookseite ploppt auf. Das Profil selbst ist privat, aber der Name ist sichtbar. *Eric Kingston.* Das Einzige, was öffentlich zu sehen ist, sind seine Profilbilder. Ich schaue mir alle an – danach ist jeder Zweifel ausgeräumt: Das ist er.

Saint ist Eric Kingston.

Aber ... *wer ist Eric Kingston?*

Ich schließe die Augen und atme zitternd aus.

Nachdem ich mich wieder halbwegs gefangen habe, gehe ich noch mal zurück zu Google. Als ich den neuen Namen eintippe, bekomme ich mehrere Treffer.

Ich scrolle durch die Ergebnisse, bis ich zum Link eines Instagram-Accounts komme. Leider auch auf privat gestellt. *Fuck.*

Aber dann fällt mir auf, dass er diesmal seinen zweiten Namen angegeben hat. Merrell.

Eric Merrell Kingston.

Mit zitternden Händen greife ich in meine Handtasche und ziehe meine Kreditkarte aus dem Portemonnaie. Ich öffne eine Background-Check-Webseite, die gegen Bezahlung Hintergrundinformationen zu jeder beliebigen Person anzeigt, und gebe meine Kartennummer sowie seinen Namen ein.

Es gibt eine Unmenge von Männern namens Eric Kingston. Ich sehe mir alle näher an, die vom Alter her passen könnten. Nur ein einziger heißt mit zweitem Namen Merrell.

Als ich seinen Eintrag anklicke, hacke ich so fest auf mein Touchpad, dass ich Angst habe, es kaputt gemacht zu haben.

Auf Erics LinkedIn-Profil finde ich eine Kurzbio und erfahre innerhalb von einer Minute mehr über ihn als in den letzten zwei Wochen.

Er ist Drehbuchautor und hat an mehreren Filmen mitgearbeitet, die ich gesehen habe. Unter »Interessen« gibt er an, dass er gerne liest. Die Informationen auf der Seite sind zwar dieses Jahr noch nicht aktualisiert worden, aber doch relativ neu. Nichts deutet darauf hin, dass er im Nebenberuf Polizist sein könnte.

Ist er vielleicht als V-Mann tätig?

Hat er mir einen falschen Namen genannt, weil er mir seinen richtigen nicht sagen darf? Und vielleicht stand über die Verfolgungsjagd und den Selbstmord deshalb nichts in der Zeitung, weil die Polizei nicht wollte, dass die Sache an die Öffentlichkeit kommt ...

Ich weiß selbst, dass das Strohhalme sind, an die ich mich verzweifelt klammere, aber solange ich Strohhalme finde, werde ich sie an mich reißen und horten.

Ich lasse mir Eric Kingstons Telefonnummer anzeigen und vergleiche sie mit der, unter der ich Saint in meinem Handy eingespeichert habe.

Sie sind identisch.

Ich springe auf und weiche vor meinem Laptop zurück, als wäre er eine tickende Zeitbombe.

Warum hat er mich über seine Identität belogen?

Das ergibt doch alles keinen Sinn.

Im nächsten Moment setze ich mich wieder an den Computer und suche nach seiner Adresse. Er lebt in Los Angeles, mehrere Autostunden entfernt von hier. *Warum hat er mir vorgemacht, er würde im Ort wohnen?*

Plötzlich ist mir alles egal. Ich will nur noch weg.

Ich stecke das Handy ein, laufe ins Schlafzimmer und ziehe meinen Koffer unter dem Bett hervor. Die Klamotten aus dem Schrank und der Kommode stopfe ich achtlos hinein, anschließend hole ich die Sachen aus dem Bad und werfe sie dazu. Ich kann kaum etwas sehen, weil mir die ganze Zeit die Tränen übers Gesicht laufen. Ich zittere. Bete, dass ich heil hier rauskomme. Versuche mit aller Kraft, nicht über das nachzudenken, was ich in den letzten beiden Wochen getan habe.

Wie konnte ich nur so leichtsinnig sein?

Ich ziehe mein Ladegerät aus der Steckdose, mache den Koffer zu und greife nach dem Autoschlüssel, der auf der Kommode liegt. Sicher habe ich irgendwas vergessen, und in der Küche stehen noch haufenweise Lebensmittel. Aber das ist mir egal. Jetzt geht es nur noch darum, möglichst schnell hier wegzukommen.

Als ich mit dem Koffer in der Hand aus dem Schlafzimmer stürme, entfährt mir ein Schrei.

Saint dreht sich nicht nach mir um. Er steht vor dem Küchentisch und starrt auf meinen geöffneten Laptop.

Ich taumle ein paar Schritte rückwärts und suche fieberhaft nach einem Weg, um ihm zu entkommen. Aber wenn ich es nicht schaffe, irgendwie aus dem Schlafzimmerfenster zu klettern, bevor er bei mir ist, muss ich definitiv an ihm vorbei.

Ich presse mir eine Hand auf den Mund, um mein hysterisches Schluchzen zu unterdrücken, während ich zusehe, wie Saint den Laptop langsam zuklappt.

Als er sich jetzt zu mir umdreht, gehe ich noch einen Schritt zurück. Er bemerkt den Koffer in meiner Hand, spannt den Kiefer an und schüttelt den Kopf. »Du reist schon ab?«

Ich lege eine Hand auf meine Brust. »Du bist kein Detective«, würge ich hervor.

Saint sagt nichts. Sein Blick wandert vom Koffer zu meinem Gesicht. Er sieht mich stumm an, aber es wäre mir tausendmal lieber, er würde etwas sagen. Dass er mich nur anstarrt, macht mir Angst.

»Bist du ...?« Ich schlucke. »Willst du mir irgendwas antun?«

Saint schüttelt den Kopf. »Wie bitte? *Nein.*« Er schnaubt, als wäre die Frage lächerlich.

Wie kann er darüber lachen? Schließlich habe ich keine Ahnung, was er mit diesem ganzen Spiel vorhat. *Wer er ist.*

Ich taste unauffällig nach dem Handy in der Hosentasche. Vielleicht kann ich irgendwie einen Notruf absetzen, ohne dass er es merkt.

Ich gehe noch einen Schritt zurück. »Warum hast du mich angelogen?«

Saint macht einen Schritt auf mich zu. »Ich habe nur getan, was du wolltest, Megan.«

Wut steigt in mir auf. »Was ich *wollte*? Ich wusste nicht mal, dass du existierst, bevor du hier aufgetaucht bist und dich als Detective ausgegeben hast! Hat sich in der Nacht damals überhaupt jemand umgebracht? Gab es diese angebliche Verfolgungsjagd wirklich?«

Er verengt die Augen. »Kannst du dich nicht mehr an das erinnern, was du zwei Tage, bevor ich hergekommen bin, gesagt hast?«

Wie bitte? Was soll ich gesagt haben? Wovon redet er?

»Euer Livestream.« Er macht noch einen Schritt auf mich zu. »Du hast gesagt, du wärst absolut bereit, die Dinge, über die du schreibst, auch selbst zu erleben. Du hast erzählt, einer der Protagonisten deines neuen Buchs sei Polizist. Ich habe dir nur gegeben, worum du gebeten hast.«

Das ist absurd ... oder? Falls er deswegen tatsächlich extra hergefahren ist und sich als Cop ausgegeben hat, dann … Aber jetzt begreife ich. Er hat von Anfang an gewusst, wer ich bin. Er hat das Video gesehen, als wir es live gestreamt haben. Zwei Tage, bevor er dann nachts plötzlich hier vor der Tür auftauchte.

Das bedeutet, dass er mir online folgt.

Ich umklammere das Handy und überlege, wie ich den Notruf aktivieren kann, während ich weiter mit diesem Irren rede, um ihn abzulenken.

»Wie lange siehst du dir unsere Livestreams schon an?« Meine Stimme ist kaum zu hören.

»Eine ganze Weile«, sagt er schulterzuckend. »Vielleicht seit zwei Jahren.«

Ich lasse den Koffer fallen, atme tief durch, zwinge mich zur Ruhe. »Bist du … verheiratet?«

Er schüttelt den Kopf. »Ich bin nicht für die Ehe gemacht.«

Sein Blick fällt plötzlich auf meine rechte Hand, die in der Hosentasche steckt. Ich wirble blitzschnell herum. Irgendwie muss ich es schaffen, mich im Bad einzusperren und die Polizei zu alarmieren.

Zu spät.

Saint ist hinter mir, als ich die Tür aufstoße, reißt mich am Arm zurück und windet mir das Handy aus den Fingern.

»Ich habe nichts getan, Megan.« Er wirft es wütend zu Boden und stößt mich aufs Bett. Ich krieche panisch zum Kopfende, so weit weg von ihm, wie es nur geht. »Was willst du der Polizei sagen? Dass ich meine Rolle in unserem Spiel zu gut gespielt habe?«

»Du hast dich als Polizist ausgegeben!«, stoße ich hervor.

Er hebt frustriert die Hände. »Komm schon, Megan. Ich habe doch nur getan, was du wolltest! In euren Livestreams erlaubt ihr jedem einen Blick in euer Leben. Du erzählst den Leuten ganz offen von deiner Schreibhütte hier und wann du dich allein an den See zurückziehst. Als ich euch vor zwei Wochen gefragt habe, ob ihr bereit wärt, persönlich dasselbe zu erleben wie eure Protagonistinnen, hast du geantwortet: ›*Ich bin bereit, alles zu tun, um bessere Bücher zu schreiben.*‹ Das ist ein wörtliches Zitat, Megan.«

Oh mein Gott. Dann war *er* derjenige, der diese Frage gestellt hat? Und jetzt bildet er sich allen Ernstes ein, ich hätte ihn indirekt darum gebeten, all das zu tun, was er getan hat?

»Stimmt. Das habe ich gesagt – aber das war doch niemals eine Einladung, hier aufzutauchen und mir abstruse Lügenmärchen aufzutischen!«

»Wir haben beide gelogen«, sagt er ruhig. »Tu nicht so, als wärst du vollkommen unschuldig.«

»Du bist mitten in der Nacht in meine Hütte eingebrochen!«

»Ich habe getan, was du wolltest, Megan.«

Ich schüttle heftig den Kopf. Oh nein! Er kann es nicht einfach so hindrehen, als hätte ich das alles so gewollt. Natürlich habe ich ihn *nicht* darum gebeten. Dass ich im Livestream gesagt habe, persönliche Erfahrungen könnten sich positiv auf meinen Schreibprozess auswirken, war keine Einladung, in mein Leben einzudringen und irgendwelche kranken Fantasien auszuleben.

»Du hast dich für jemanden ausgegeben, der du nicht bist.«

»Genau wie du«, sagt er trocken.

»Hör auf, so was zu behaupten! Das ist etwas vollkommen anderes.«

»Ach ja?«

»Ich habe dich zu keinem Zeitpunkt angelogen, Saint! Du wusstest genau, wer ich bin, als du hier vor der Tür standst.«

Er reibt sich den Nacken. »Verdammt noch mal, du bist verheiratet!«, stößt er plötzlich so aufgebracht hervor, dass ich erschrocken zur anderen Seite des Betts rutsche. »Du bist verheiratet und Mutter von zwei Töchtern, aber das hältst du geheim. Du hast mit keinem Wort je eine Familie erwähnt. Gegenüber deinen Leserinnen gibst du dich als jemand aus, der du im wahren Leben nicht bist.«

Ich springe auf. Jetzt stehe ich ihm – das Bett als Sicherheitszone zwischen uns – aufrecht gegenüber. »Willst du mir etwa ernsthaft vorwerfen, dass ich versuche, mein Privatleben aus der Öffentlichkeit rauszuhalten? Was du getan hast, ist doch der beste Beweis dafür, dass es gefährlich ist, zu viel preiszugeben.«

Als Saint um das Bett herum auf mich zukommt, wird mir bewusst, dass ich mich selbst in eine Falle manövriert habe. Trotzdem gehe ich rückwärts, bis ich die Wand im Rücken spüre. Mein Herz hämmert panisch gegen die Rippen. Mein Mund ist staubtrocken. Ich weiß leider zu genau, dass ich ihm körperlich unterlegen bin – das hat er mir vor ein paar Nächten deutlich bewiesen.

»Wir sind gar nicht so verschieden, Megan«, sagt er, und jetzt ist seine Stimme wieder ganz ruhig. Ich fühle mich komplett hilflos. »Du hast Inspiration gebraucht, und ich habe sie dir gegeben. Ich habe dich auf Ideen gebracht, die du dir allein niemals hättest ausdenken können.« Er beugt sich vor und bringt seinen Mund dicht an mein Ohr. »Und du hast jeden Moment genossen. Bitte, gern geschehen. Es war mir ein Vergnügen.«

Ich spüre seinen warmen Atem an meiner Wange und schließe die Augen. Eine Träne rinnt mir langsam übers Gesicht. Ich zucke zusammen, als er sie wegwischt.

Ich bin zwar nicht ganz überzeugt davon, dass er mir nichts antun wird, glaube es aber eigentlich nicht. Zumindest nicht körperlich. Allerdings ergibt sich aus der Tatsache, dass er anscheinend nicht verheiratet ist, eine ganz andere Gefahr für mich. Er selbst hat nichts zu verlieren, falls unsere Affäre ans Licht kommen sollte. Ich dagegen ... ich könnte alles verlieren.

Ich schlucke trocken, dann öffne ich die Augen und sehe ihn fest an. »Wirst du es meinem Mann sagen?«

In seinem Blick flackert Empörung auf. »Glaubst du im Ernst, das würde ich tun?«

»Ich habe keine Ahnung, wozu du fähig bist.«

Sein Blick wandert stumm über mein Gesicht und hält bei meinem Mund inne. Dann hebt er die Hand und berührt meine zitternde Unterlippe so hauchzart, als würde er sich danach sehnen, mich zu küssen. »Ich bin zu einer ganzen Menge fähig, Megan, aber dich in irgendeiner Weise zu verletzen, gehört sicher nicht dazu.«

Ich muss all meine Kraft zusammennehmen, um nicht die Kontrolle zu verlieren. Er soll auf keinen Fall sehen, wie viel Angst ich habe ... aber ich möchte auch nicht, dass er sieht, dass ein kleiner Teil von mir traurig darüber ist, dass es vorbei ist.

»Tu mir einen Gefallen, Megan«, sagt er. »Wenn du dein Buch fertig geschrieben hast, widme es bitte Saint, okay? Weil er diese Geschichte aus dir rausgefickt hat.«

Mir bleibt kurz die Luft weg, aber nicht, weil mir seine Heftigkeit Angst macht, sondern weil ich das, was ich fühle, nicht fühlen sollte. Ich sollte mir nicht wünschen, dass er mich berührt, mich küsst, mich ... *fickt.*

»Ich will jetzt nach Hause«, flüstere ich.

Er schaut immer noch auf meine Lippen und streicht mit dem Finger darüber. Dann hebt er den Blick, sieht mir tief in die Augen und küsst mich, als hätte ich eben nicht gesagt, dass ich gehen will. Seine Zungenspitze gleitet zwischen meine Lippen, streicht über meine, und die Hitze unseres Verlangens vermischt sich. Ich will diesen Kuss nicht erwidern, aber ich habe Angst, dass mein Mund sich mir verweigert und tut, wonach mein Körper sich sehnt, wenn ich ihn nicht sofort wegstoße.

Als ich beide Handflächen auf seine Brust lege, löst er sich von mir, geht ein paar Schritte rückwärts und gibt so den Weg zur Tür frei.

Und dann sehe ich für den Bruchteil einer Sekunde etwas in seinen Augen aufflackern, das ich vorher nie darin gesehen habe. Es ist ... Verletzlichkeit. Er sieht aus, als würde er nicht wollen, dass ich fahre. Als würde er hoffen, dass ich meine Meinung ändere und bleibe.

Er ist wahnsinnig.

Ich verliere keine Sekunde.

Ich stoße mich von der Wand ab, schnappe mir das Handy vom Bett, greife auf dem Weg zur Tür nach meinem Koffer und klemme mir den Laptop unter den Arm, als ich, ohne mich noch ein einziges Mal umzusehen, aus der Hütte stürme. Ich renne über die Veranda, stürze die Stufen hinab zu meinem Wagen und werfe Koffer und Laptop auf den Rücksitz. Im selben Moment, in dem ich mich hinters Steuer gesetzt habe, verschließe ich per Zentralverriegelung alle Türen, lege den Rückwärtsgang ein und lasse den Motor an.

Jetzt erst wage ich es, den Blick zu heben.

Saint lehnt im Eingang der Hütte. Ich lasse ihn nicht aus den Augen, als ich rückwärts aus der Einfahrt setze. Bitte mach, dass er mir nicht hinterherfährt, bete ich.

Als ich das Lenkrad drehe, um auf die Straße zu biegen, hebt er lässig die Hand und winkt, als wäre das ein ganz normaler Abschied – und nicht eine Flucht vor ihm.

Ich steige mit aller Kraft aufs Gaspedal und rase in einem Höllentempo weg. Nur weg. Tränen laufen mir über die Wangen, und mit jedem Kilometer, den ich mich von ihm entferne, wird mein Schluchzen heftiger.

Ich begreife einfach nicht, wie das alles passieren konnte.

Aber ich will nicht darüber nachdenken. Ich will nur an Michael denken und an meine beiden Mädchen und daran, wie viel mir meine Familie bedeutet und in welche Gefahr ich sie gebracht habe. Aus purem Egoismus.

Ich kann nicht einschätzen, wozu Saint in der Lage ist. Ich kann nur hoffen, dass er dieses kranke Spiel damit endgültig als beendet betrachtet. Kann nur beten, dass es vorbei ist.

Ein schrilles Geräusch reißt mich aus meinen Gedanken. Ich schreie auf.

Es ist mein Handy.

Nur mein Handy.

Zur Beruhigung atme ich ein paarmal tief ein und aus und schaue dann zum Beifahrersitz, wo ich es hingelegt habe. Michaels Foto ist auf dem Display zu sehen.

Ich dränge die Tränen mit aller Macht zurück. Er darf mir auf keinen Fall anmerken, wie aufgewühlt ich bin. »Hallo«, melde ich mich mit einer Stimme, die in meinen eigenen Ohren wie eine Mischung aus Flüstern und Flehen klingt.

»Alles okay bei dir?«, fragt Michael.

»Ja. Ja, ich … ich fühle mich nur irgendwie ein bisschen angeschlagen und habe deswegen beschlossen, früher nach Hause zu kommen. Ich bin schon unterwegs.«

»Oh. Okay. Dann sage ich den Mädchen gleich Bescheid. Sie werden sich freuen. Soll ich dir eine Suppe kochen?«

Aus meinem Augenwinkel löst sich eine Träne. Wie konnte ich diesem Mann, der so gut zu mir ist, nur etwas so Furchtbares antun?

»Suppe wäre toll, ja. Ich bin in zwei Stunden bei euch.«

»Fahr vorsichtig.«

»Mach ich. Ich liebe dich, Michael.«

»Ich liebe dich auch.«

Ich lege das Handy wieder weg. An der nächsten Abzweigung schaue ich in den Rückspiegel, bevor ich am Stoppschild halte. Hinter mir ist niemand, das nutze ich, um noch mal nach dem Handy zu greifen und Saints Nummer zu blockieren.

Hoffentlich ist es damit endgültig vorbei.

Epilog

»Fertig«, verkündet Michael und klappt das Buch zu.

Wir liegen im Bett. Ich habe die ganze Zeit so getan, als würde ich nicht mitkriegen, dass er auf den letzten Seiten ist, dabei konnte ich mich in Wirklichkeit auf nichts anderes konzentrieren.

Früher habe ich Michael meine Texte immer schon im Rohzustand gegeben, aber nach dem fünften oder sechsten Roman hat er beschlossen, lieber bis zum Erscheinungstermin zu warten. Durch das Lektorat ändert sich doch immer noch einiges.

»Und?«, frage ich nervös. Eine Eigenschaft, die ich an Michael ganz besonders liebe, ist seine absolute Ehrlichkeit. Ich weiß sie noch mehr zu schätzen, seit ich vor ein paar Monaten Saint in der Hütte stehen gelassen habe.

»Es ist …« Michael sieht mich mit zusammengekniffenen Augen an, während er nach Worten sucht. »Es ist genial, Megan. *Absolut* genial. Bei Weitem dein bisher bestes Buch.«

Wärme erfüllt mich bis ins Innerste. »Im Ernst?«

Er beugt sich zu mir, klappt meinen Laptop zu und stellt ihn hinter sich auf den Nachttisch. Dann legt er sich auf mich, stützt sich auf einen Ellbogen, streicht mir mit der anderen Hand sanft die Haare aus dem Gesicht und küsst mich auf die Stirn. »Ich habe keine Ahnung, wie du das gemacht hast, Megan, aber es hat sich unglaublich ... ich weiß nicht, wie ich es ausdrücken soll, ohne deine anderen Bücher zu beleidigen, aber ... alles hat sich unfassbar *authentisch* angefühlt.« Er küsst mich auf den Mund. »Ehrlich gesagt fand ich die Sexszenen ziemlich scharf«, gibt er mit einem kleinen Lächeln zu. Nachdem er mir einen Kuss auf die empfindliche Stelle direkt unter dem Ohr gedrückt hat, flüstert er: »Wer ist Saint?«

Mein Herz, das eben noch friedlich geschlagen hat, explodiert fast. »Wie bitte?« presse ich hervor.

Michael hebt den Kopf. Ich suche in seinen Augen nach einem Hinweis darauf, dass er misstrauisch ist, wütend oder eifersüchtig, aber da ist nur Neugier. »Du hast das Buch einem *Saint* gewidmet. Wer ist das?«

Ich schließe die Augen. Es klingt unglaublich, aber das mit der Widmung hatte ich tatsächlich ganz vergessen ... oder vielleicht verdrängt. Ich habe das Manuskript vor sechs Monaten aus der Hand gegeben und war mit meinen Gedanken schon wieder ganz woanders.

Ich habe Saint diesen Wunsch nur erfüllt, weil ich Angst davor hatte, dass er sich rächen würde, falls ich es nicht getan hätte. Ich wollte nicht riskieren, dass er womöglich noch auf die Idee kommt, hier in Sacramento aufzutauchen. Keine Ahnung, ob er auch herausbekommen hat, wo wir wohnen. Zutrauen würde ich es ihm aber, nach allem, was ich von ihm weiß.

»Das kann ich dir gar nicht so genau sagen«, rede ich mich jetzt heraus und hoffe, dass das überzeugend klingt. »Ich habe einen kleinen Wettbewerb für meine Leserinnen und Leser veranstaltet und dem Gewinner eine Widmung in meinem neuen Buch versprochen.«

Mir wird schlecht, weil ich Michael wieder anlügen muss. Zum Glück scheint er mir zu glauben. »Echt? Coole Idee«, sagt er lachend. »Ich wette, das ist das Tollste, was dieser Saint dieses Jahr erlebt hat.«

Damit hat er vermutlich sogar recht.

Michaels Hand wandert zu meiner rechten Brust, und ich öffne die Schenkel, um ihm zu geben, was er will. Es dauert nicht lange und er gleitet in mich hinein.

Wir haben mittlerweile häufiger Sex als vor dem Zeitpunkt, an dem Saint in mein Leben getreten ist. Ich glaube, das hat auch etwas mit meinen Schuldgefühlen zu tun. Ich habe Michael auf so vielen Ebenen betrogen, dass der Sex mit ihm für mich zu einer Art Abbitte geworden ist. Vielleicht verschaffe ich mir dadurch ja etwas

Absolution für ein paar der schrecklichen Dinge, die ich ihm angetan habe.

Allerdings gibt es noch einen anderen Grund, über den ich nicht so gerne nachdenke. Wenn Michael in mir ist, schließe ich die Augen und stelle mir vor, es wäre Saint.

Egal, wie sehr ich dagegen ankämpfe ... ich muss immer an Saint denken.

Eine Stunde später liegt Michael leise schnarchend neben mir.

Ich habe mir meinen Laptop wiedergeholt und lese die ersten Rezensionen im Netz. Normalerweise verkneife ich mir das am Erscheinungstag, aber dieses Mal ist es anders. Ich bin unglaublich gespannt, was meine Leserinnen und Leser zu diesem Roman schreiben, weil ich darin so viele intime Erfahrungen verarbeitet habe wie noch nie zuvor.

Ich frage mich, ob Saint sich das Buch gleich gekauft hat, nachdem es heute in die Läden kam. Hat er es schon gelesen? Wird er es rezensieren?

Falls er es tut: Wird er in seiner Rezension womöglich einen Hinweis für mich verstecken, dass er es ist, der sie geschrieben hat?

Als ich den Laptop zuklappen will, um endlich auch zu schlafen, kommt eine neue Mail rein. Ich lese den Betreff, und mein Körper steht sofort in Flammen. Kann das ...?

Nein, sie stammt nicht von Saint, sondern von der Agentur, bei der ich die Hütte immer gemietet habe. Die Hütte, in die ich – das habe ich mir geschworen – nie wieder zurückkehren werde.

Reservierungsbestätigung steht in der Betreffzeile.

Ich bin verwirrt, weil ich die Hütte ganz bestimmt nicht reserviert habe und es auch sicher niemals tun werde. Nachdem ich die Mail geöffnet habe, sehe ich, dass es sich um die übliche Standardnachricht handelt, die ich bereits kenne. Tatsächlich. Die Hütte wurde ab nächsten Freitag für vierzehn Tage auf meinen Namen reserviert.

Und ist bereits bezahlt.

Ich starre immer noch mit offenem Mund auf den Bildschirm, als eine weitere Mail hereinkommt, deren Absenderadresse mir nichts sagt.

Sie besteht nur aus einem einzigen Satz. »Es wird Zeit, dein nächstes Buch zu schreiben, Megan.«

THE DRESS

1

»In zwei Tagen ist es so weit«, sage ich und schiebe das Pizzastück weit von mir weg. »Ab jetzt darf ich nichts mehr essen.«

Jay verdreht die Augen. »Klar kannst du ein Stück Pizza essen. Chase macht seinen Heiratsantrag ganz sicher nicht davon abhängig, ob du ein halbes Kilo mehr oder weniger wiegst.«

»Ja wohl eher *elf* Kilo.«

»Wir haben eine Pandemie hinter uns, Jessica. Alle haben zugenommen.«

»Chase nicht«, widerspreche ich. Chase nimmt nie zu. Allerdings ist Chase auch von Beruf Fitnesstrainer, hat ein eigenes Studio und verdient sein Geld damit, Sport zu treiben. Sogar als er das Gym im Lockdown vorübergehend schließen musste, hat er per Zoom weiter Kurse gegeben und war jeden Tag laufen.

»Chase ist ja auch nicht normal«, brummt Jay und greift zum Gamepad, um das Demo weiterzuspielen, das wir gerade begutachtet haben. Jay ist nicht gerade ein Fan von Chase, umgekehrt findet Chase ihn aber auch nicht besonders cool.

Chase und ich sind jetzt bald zwei Jahre zusammen, Jay habe ich vor drei Jahren kennengelernt, als er in dem Softwareunternehmen angefangen hat, für das ich arbeite. Die beiden sind in fast jeder Hinsicht komplett gegensätzlich, was irgendwie lustig ist, wenn man bedenkt, dass sie die Menschen sind, mit denen ich am allermeisten Zeit verbringe. Chase ist der totale Sport- und Gesundheitsfreak und Jay der klassische Nerd, der den ganzen Tag vor irgendwelchen Bildschirmen sitzt. Beide sehen auf sehr unterschiedliche Art gut aus. Chase könnte man mit seinen dunklen Haaren, den schmelzend braunen Augen und der markanten Kinnpartie sofort auf das Cover eines New-Adult-Romans drucken.

Jay ist einfach nur süß und knuddelig.

Wir sind nicht bloß Arbeitskollegen, sondern wohnen zufälligerweise auch im selben Apartmentkomplex, wodurch wir uns quasi automatisch angefreundet haben. Aber wir haben auch sonst viel gemeinsam, na ja, bis auf unser Alter – ich werde in ein paar Monaten dreißig, Jay ist zweiundzwanzig. Als er vor drei Jahren den Job bei uns in der Firma angeboten bekommen hat, kam mir der Altersunterschied allerdings viel krasser vor als jetzt. Damals hat er noch studiert, trotzdem wollten meine Chefs ihn unbedingt einstellen, weil er wirklich unfassbar viel draufhat.

Ich beneide Chase und Jay darum, dass sie in ihrem Beruf so gut sind. Alles, was Jay am Computer wie im Schlaf beherrscht, muss ich mir mühsam erarbeiten. Genauso muss ich mich total abmühen, um nicht immer speckiger zu werden, während Chase noch nie ein Problem damit hatte, sein Gewicht zu halten. Er hat einen Körper wie ein junger Gott, was – ja, ich gebe es zu – definitiv ein Faktor war, der mich bei unserer ersten Begegnung beeindruckt hat. Als wir uns dann näher kennengelernt haben, ist mir klar geworden, dass dieser tolle Körper quasi das Aushängeschild für sein Fitnessstudio ist.

Ich hatte auch mal einen ziemlich tollen Körper, aber das viele Rumsitzen während der Pandemie hat seine Spuren hinterlassen. Vor dem Lockdown bin ich mit Jay jeden Morgen acht Blocks zu Fuß zur Arbeit gelaufen und war abends mit Chase auf Achse, der sich aus Prinzip weigert, Aufzug zu fahren, weshalb auch ich immer die Treppen zu meinem Apartment genommen habe.

Aber dann kam das Homeoffice, und sämtliche Bars und Restaurants mussten zumachen, sodass Chase und ich nicht mehr ausgehen und uns mit Freunden treffen konnten, was dazu geführt hat, dass sich mein Körper nach und nach ... *bluäähte.* Dieses Wort beschreibt es leider sehr treffend und sollte dringend ins Wörterbuch aufgenommen werden, falls es nicht schon drinsteht.

»Was schaust du so?«, fragt Jay.

Mir ist gar nicht aufgefallen, dass ich schaue. Jay beißt in das käsetriefende Pizzastück, das ich eben abgelehnt habe. Es sieht verdammt köstlich aus. »Ich schaue nicht dich an, ich schaue die Pizza an.«

Er hält sie mir hin. »Du kannst gerne abbeißen. Ist genug da.«

»Auf keinen Fall.« Ich stemme mich vom Boden hoch. »Seit zwei Wochen hab ich keine Kohlenhydrate mehr zu mir genommen, und du wirst mich nicht schwach machen.« Ich ziehe meine Schuhe an und gehe zur Tür. »Du meldest dich, wenn ich bis Freitag noch mal auf das Game schauen soll, okay?«

»Geht klar. Und falls wir uns vorher nicht mehr sehen, sage ich jetzt schon mal *Herzlichen Glückwunsch* zu eurem zweiten Jahrestag.« Seine Stimme klingt alles andere als herzlich, weil er Chase für einen Idioten hält. Chase ist kein Idiot. Aber er ist Millennial, und Jay ist eher Generation Z, und irgendwie fehlt ihnen dadurch die gemeinsame Basis. Wobei ich finde, dass Jay eigentlich nicht das Recht hat, Chase scheiße zu finden, nur weil er andere Lebensziele hat.

Ich wohne im achten Stock, Jay im siebten. Während der Pandemie hat Chase meistens bei mir übernachtet, aber seit das Fitnessstudio wieder auf ist, schläft er öfter bei sich, weil er es von dort aus näher zur Arbeit hat.

Das ist nicht so furchtbar tragisch, weil meine Wohnung für zwei Leute gar nicht groß genug ist. Manchmal ist sie mir schon für mich allein zu klein. Aber ich gehe sowieso davon aus, dass wir uns auf die Suche nach einem gemeinsamen Apartment machen, sobald er mich offiziell gefragt hat, ob ich ihn heiraten will.

Unser Jahrestag am Freitag wäre dafür natürlich *die* Gelegenheit. Wir haben schon oft darüber gesprochen, uns zu verloben, und sind uns einig, dass das unser nächster Schritt sein wird. Trotzdem versuche ich, keine allzu großen Erwartungen in den Abend zu setzen. Wobei ich nicht die Einzige bin, deren Gedanken in diese Richtung wandern. Mom hat mich schon zweimal gefragt, was ich zu unserem Date anziehe, was ja wohl nur dann von Interesse wäre, wenn es um potenzielle Verlobungsfotos ginge, oder? Vielleicht hat Chase ja ganz klassisch bei meinem Vater um meine Hand angehalten und meine Mutter weiß davon.

Wie gesagt, ich habe keine Ahnung, ob er mir wirklich einen Antrag machen wird, aber falls er es tun sollte, würde ich dabei gern das Kleid anhaben, das er mir geschenkt hat.

Chase überrascht mich immer mal wieder mit irgendwelchen Klamotten, was echt supersüß von ihm ist, nur dass mir die Sachen leider fast immer etwas zu klein sind. Einerseits schmeichelt es mir natürlich, dass er mich anscheinend für schlanker hält, als ich es in Wirklichkeit bin, andererseits stresst mich das auch. Das Kleid, das er mir vor zwei Wochen geschenkt hat, ist gefühlt sogar fast drei Größen zu klein und der Grund dafür, dass ich mir die Pizza verkniffen habe und jetzt die Treppe hinaufgehe, statt den Aufzug zu nehmen.

Oben angekommen hole ich das Kleid aus dem Schrank. Ich habe es erst ein einziges Mal anprobiert und hoffe und bete, dass sich die Opfer der letzten vierzehn Tage ausgezahlt haben.

Das Kleid ist wirklich ein Traum – lang und schwarz, toller Schnitt, die oberste Lage aus transparentem, zart schimmerndem Chiffon. Ich habe es vor ein paar Monaten bei Nordstrom im Schaufenster entdeckt, als Chase und ich abends auf dem Heimweg daran vorbeigeschlendert sind. Der Shop war um die Uhrzeit natürlich schon geschlossen, aber ich weiß noch, dass ich stehen geblieben bin und es ausgiebig bewundert habe. Als Chase mir dann vor zwei Wochen eine Tasche von Nordstrom überreicht hat und ich das Kleid herausgezogen habe, sind mir die Tränen gekommen. Ich meine, wie süß ist das denn bitte, dass er es sich gemerkt hat und dann extra noch mal in den Laden ist?

Gleichzeitig hat es mich fertiggemacht, weil mir nach

dem Anprobieren klar wurde, dass ich im vergangenen Jahr zwei (vielleicht sogar drei) Größen zugenommen habe. Dabei wäre es das perfekte Kleid, um darin einen Heiratsantrag zu bekommen.

Ich stöhne frustriert auf, weil ich es mir trotz eingezogenem Bauch mit Gewalt über die Hüften zerren und danach erst mal meine zusammengequetschten Brüste im Oberteil zurechtrücken muss. Oh Gott, ist das eng.

Zwar nicht mehr ganz so schlimm wie vor zwei Wochen, aber immer noch weit davon entfernt, halbwegs bequem zu sein. Dabei steht der Reißverschluss im Rücken sogar noch offen. Weil ich es trotz aller Verrenkungen nicht schaffe, ihn zuzuziehen, beschließe ich, noch mal schnell zu Jay runterzugehen und ihn zu bitten. Wenn ich morgen und übermorgen wirklich gar nichts esse und zusätzlich noch mal eine Hardcore-Trainingseinheit einlege, passe ich Freitag vielleicht rein.

Diesmal fahre ich mit dem Aufzug. Als Jay die Tür öffnet, drehe ich mich um und deute auf meinen Rücken. »Kannst du mir bitte mit dem Reißverschluss helfen?«

»Wow«, sagt er beeindruckt. »Ist das das Kleid?«

»Das ist das Kleid.«

Jay zieht am Reißverschluss, kommt aber nur bis zur Mitte meines Rückens. »Halt mal die Luft an.« Er schafft es noch ein paar Zentimeter, danach ist Schluss. Der Stoff zwickt und zwackt an allen Enden.

»Wie viel fehlt noch?«, ächze ich.

»Ungefähr zehn Zentimeter.« Jay legt den Zeigefinger auf einen Punkt unterhalb meines BH-Verschlusses, um zu zeigen, wo er nicht weiterkommt. Verdammt.

Ich drehe mich um und schiebe die Unterlippe vor. »Ich bin so nah dran«, sage ich weinerlich.

»Selbst wenn du es bis Freitag zukriegst, kann ich mir nicht vorstellen, dass du dich darin wirklich wohlfühlst. Das ist echt zu eng. Wahrscheinlich kannst du dich damit nicht mal richtig hinsetzen.«

»Wenn ich mir Shapewear-Unterwäsche kaufe, bekomme ich es sicher zu.«

»Kann sein, aber dafür kriegst du dann kaum Luft. Wenn Chase vor dir auf die Knie geht und dir den Antrag macht, kippst du ohnmächtig um, bevor du Ja sagen kannst.«

»Abführmittel. Entwässerungstabletten. Ich schaff das.« Ich gehe zum Aufzug.

»Das solltest du nicht tun, Jess«, höre ich Jay noch sagen, bevor die Tür zugleitet.

2

Chase und ich haben uns durch meine Freundin Penny kennengelernt. Sie selbst ist verheiratet, hat aber immer wieder versucht, mich an irgendwelche Singlemänner aus ihrem Bekanntenkreis zu verkuppeln, die sie heiß fand. Chase war ihr Personal Trainer. Ich hatte gerade erst mit einem Typen Schluss gemacht, den sie mir drei Monate vorher aufgeschwatzt hatte, weshalb ich keine große Lust verspürte, mich mit Chase zu treffen, als sie mir von ihm vorgeschwärmt hat. Und obwohl sie zwei Monate lang immer wieder hartnäckig seinen Namen ins Spiel gebracht hat, wenn wir darüber gesprochen haben, dass ich vielleicht mal wieder jemanden daten könnte, bin ich nicht darauf angesprungen. Irgendwann hat sie mich dann in die Falle gelockt und mich zum Abendessen eingeladen, ohne mir zu sagen, dass er auch da sein würde.

Als ich Chase dann das erste Mal gegenüberstand, hätte ich mich ohrfeigen können, so lange gezögert zu haben. Es ist das reinste Wunder, dass ihn mir in den zwei Monaten keine andere weggeschnappt hat! Chase hätte jede Frau haben können. *Jede.* Klar. Er ist ein Traumtyp, eine glatte Zehn im Großstadtranking. Sein strahlendes Lächeln ist wie Kryptonit und ließ jeden Widerstand in mir dahinschmelzen, weshalb ich keine vier Stunden später mit ihm im Bett lag.

Die Anziehung beruhte auf Gegenseitigkeit und war so überwältigend, dass aus unserer ersten Nacht zwei Tage und Nächte wurden. Endlich erlebte ich auch mal eine dieser stürmischen Romanzen, von denen ich immer gehofft hatte, sie würden existieren, an die ich aber nie ernsthaft geglaubt hatte.

Zwei Wochen später stellte Chase mich seiner Mutter vor, kurz darauf nahm ich ihn – was ich so früh bisher noch mit keinem Mann gemacht hatte – zu meinen Eltern mit. Und nach zwei gemeinsamen Jahren, von denen wir eins im Lockdown überstanden haben, finde ich nach wie vor, dass Chase ein absoluter Hauptgewinn ist. Er sieht gut aus, hat Humor, Zähne wie aus einer Zahnpastawerbung, ist ehrgeizig und vor allem supernett und verständnisvoll. Es gibt ganz ehrlich nichts, was mich an ihm stört, allerhöchstens vielleicht, dass es manchmal ein bisschen anstrengend ist, wie sehr sein Job unser Leben beeinflusst. Natürlich weiß ich, wie wichtig es für ihn ist, fit und in Form zu bleiben, aber das macht es nicht einfacher, wenn er darauf besteht, dass wir Salat bestellen, obwohl ich lieber Chinesisch essen würde, oder wenn er mich auslacht, weil ich mit schweren Einkäufen im Arm statt der Treppe den Aufzug nehme. Oder, na ja ... wenn er mir mein Traumkleid schenkt und ich feststelle, dass er es ein paar Nummern zu klein gekauft hat.

Seufzend hänge ich es wieder in den Schrank zurück, gehe ins Bad und krame im Medizinschränkchen nach den Entwässerungstabletten, die ich vorsorglich gekauft habe. Mit den Tabletten ist es zu schaffen. Zwei Kilo weniger und teure Shapewear müssten reichen, um in das Kleid zu passen. Sechs Kilo weniger wären natürlich noch besser. Dann würde ich mich wirklich wohlfühlen und könnte stolz auf mich sein. Und wenn dann am Ende des Abends auch noch ein Verlobungsring an meinem Finger glitzern würde, wäre das das Sahnehäubchen. Dann würde ich mir zur Feier des Tages vielleicht sogar ein *echtes* Stück Sahnetorte gönnen.

Ich habe mir gerade meinen Schlafanzug angezogen, als es an der Wohnungstür klopft. Eigentlich hatte ich mich ja darauf gefreut, gemütlich eine Folge von »Below Deck« zu gucken und mich über die absurden Ansprüche der ultrareichen Yachtbesitzer zu amüsieren, aber als ich sehe, dass es Chase ist, kommen mir andere Gedanken. Er trägt ein weißes Tanktop, das seine muskulösen Arme perfekt zur Geltung bringt, und sieht süß verschwitzt aus, was mich immer total anmacht. Ich liebe es, wenn er direkt aus dem Gym zu mir fährt, ohne vorher geduscht zu haben.

»Hey, Schönheit.« Er schließt die Tür hinter sich, zieht mich an sich und küsst mich. Nachdem er seine Schuhe abgestreift hat, richtet er sich auf und zeigt auf meinen Schlafanzug. Er lacht. »Wo hast du *den* denn her?«

Normalerweise ziehe ich etwas Hübscheres an, wenn ich weiß, dass er noch vorbeikommt, aber nach der Anprobe war mir nach etwas wirklich Bequemem.

»Das ist mein Lockdown-Pyjama«, sage ich achselzuckend. »Wie war dein Tag?«

»Lang. Aber heute haben wir vom Bauamt endlich grünes Licht bekommen.«

»Hey, toll! Das freut mich.« Chase und sein Geschäftspartner bemühen sich jetzt schon seit einem Jahr um die Genehmigung für einen Pool. »Und wann geht es los?«

»Sobald ich aus dem Urlaub zurück bin, mache ich einen Termin mit der Baufirma.«

Der Urlaub ist ein weiterer Hinweis darauf, dass Chase mir übermorgen wahrscheinlich einen Antrag machen wird. Er hat uns eine kleine, versteckte Berghütte gemietet. Samstagfrüh nach dem Aufwachen fahren wir los. Er hat gesagt, ich soll bloß Wanderklamotten und meine schöne Wäsche einpacken, weshalb ich davon ausgehe, dass tagsüber Natur und nachts heißer Sex auf dem Programm stehen werden.

Jetzt küsst er mich, hebt mich mit Leichtigkeit hoch und trägt mich ins Schlafzimmer, ohne seine Lippen von meinen zu lösen. »Zieh das hässliche Ding schnell aus«, sagt er lachend, als er mich auf dem Bett absetzt und sein Tanktop über den Kopf streift. Während ich aus der Pyjamahose schlüpfe, knöpft er sich die Jeans auf. Wenn Chase abends zu mir kommt, läuft es eigentlich immer nach dem gleichen Schema ab. Erst haben wir Sex, danach duscht er, und anschließend schlafen wir, weil er schon um sechs am nächsten Morgen wieder losmuss. Allerdings hat er versprochen, dass er weniger arbeiten wird, wenn das neu eröffnete Studio gut läuft und die Erweiterungsarbeiten am alten abgeschlossen sind.

Ich freue mich darauf, bald mit ihm zusammenzuziehen, dann können wir unseren Tagesablauf besser aufeinander abstimmen und unser Leben wird ein bisschen planbarer. Seit ein paar Wochen gehe ich wieder täglich ins Büro und bin richtig erleichtert darüber, was ich niemals gedacht hätte. Alle sagen immer, sie würden lieber von zu Hause aus arbeiten, aber nachdem ich gezwungenermaßen fast ein Jahr lang Homeoffice gemacht habe, bin ich heilfroh, wieder unter Leute zu kommen. Ich brauche das einfach. Der Nachteil ist natürlich, dass Chase und ich uns nicht mehr so oft sehen wie während der Pandemie.

Dadurch, dass Jay und ich zusammen arbeiten und auch noch Nachbarn sind, esse ich mit ihm öfter zu Abend als mit Chase. Und genau das war auch mein Verhängnis. Chase achtet wie gesagt sehr auf gesunde Ernährung, während Jay isst, worauf er Lust hat. Das kann er sich auch leisten. Er ist zwar nicht gerade fit, hält aber sein Gewicht. Abgesehen davon, dass er mittlerweile wie ein erwachsener Mann und nicht mehr wie ein Student aussieht, hat er sich in den drei Jahren, die wir uns jetzt kennen, äußerlich nicht groß verändert.

Was man von mir leider nicht behaupten kann. Ich gehöre zu den Menschen, die Essbares nur ansehen müssen, um zuzunehmen. Das ist wirklich nicht übertrieben. Wahrscheinlich habe ich ein paar hundert Gramm zugenommen, als ich vorhin die Pizza angestarrt habe, die Jay uns zum Abendessen bestellt hatte.

Pizza ... Beim Gedanken daran knurrt mein Magen.

»Hast du Hunger?« Chase beugt sich über mich und drückt mir einen Kuss auf den Bauch.

»Und wie«, seufze ich. »Ich hab nichts zu Abend gegessen.«

»Wieso das denn? Du isst doch eigentlich immer was mit deinem Nerdfreund?« Chase benutzt nie Jays richtigen Namen, wenn er von ihm spricht. Ich habe den Verdacht, dass er ein bisschen eifersüchtig ist. Aber nur darauf, dass ich so viel Zeit mit ihm verbringe, nicht auf ihn als Person. Chase ist auf niemanden eifersüchtig. Er sieht sowieso meistens besser aus als alle anderen Männer, egal wo er hinkommt. Einen Typen, der sieben Jahre jünger ist als ich und Videospiele entwickelt, betrachtet er nicht als ernsthafte Konkurrenz.

»Ich möchte in das Kleid passen, das du mir geschenkt hast. Deswegen habe ich das Abendessen ausfallen lassen.«

Chase richtet sich auf. »Warum? Ist es dir zu klein? Hattest du nicht gesagt, du willst wieder auf Kleidergröße achtunddreißig runter?«

»Schon, aber das habe ich vor drei Wochen gesagt. Man braucht mehr als drei Wochen, um alle Kilos loszuwerden, die man sich im Laufe eines Jahres angefuttert hat.«

Chase küsst mich auf die Nasenspitze. »Das schaffst du. Ich glaube an dich.« Ich finde es zwar toll, dass er mich so unterstützt, aber gleichzeitig fühlt es sich auch komisch an, wenn er so was sagt. Fast ein bisschen wie eine Beleidigung. Keine Ahnung. Manchmal würde ich mir wünschen, Chase wäre, was Ernährung betrifft, ein bisschen mehr wie Jay. Er hätte ja auch sagen können: »Wie bitte? Es ist total ungesund, nichts zu essen. Komm, ich bestell dir schnell was.«

Das ist eben das Risiko, wenn man sich in jemanden wie Chase verliebt. Er hat haufenweise tolle Eigenschaften, und trotzdem werde ich manchmal leicht nervös, wenn ich an die Zukunft denke. Ich bin von Natur aus eher füllig und muss mich verdammt anstrengen, um schlank zu bleiben. Wie wird das, falls ich schwanger werde?

Man weiß ja, wie schwierig es ist, sich hinterher wieder auf Normalgewicht zu bringen. Wird Chase mich dann irgendwann nicht mehr liebevoll ermutigen, abzunehmen, sondern die Geduld mit mir verlieren? Mich abstoßend finden? Liebt er mich womöglich vor allem wegen meines – schlanken – Aussehens?

Ich komme mir heuchlerisch vor, weil ich seinen durchtrainierten, schönen Körper ja auch toll finde. Andererseits habe ich keinen Zweifel daran, dass ich ihn immer lieben würde, ganz egal, wie er aussähe. Wenn er mir heute sagen würde, dass er es satt hat, ständig zu trainieren, und sich beruflich umorientieren möchte, wäre ich wahrscheinlich sogar begeistert.

Nein, das ist fies. Chase hat zwei Leidenschaften – mich und seinen Beruf. Es ist vollkommen normal, dass es da Überschneidungen gibt. Ich weiß, dass er mich sehr liebt und nur mein Bestes will. Ich sollte froh sein, einen Partner zu haben, der mich immer wieder dazu motiviert, das Optimum aus mir herauszuholen.

»Willst du oben sein?«, fragt Chase.

Obwohl das Deckenlicht noch an ist, nicke ich. In unserer Anfangszeit saß ich gerne auf ihm, weil ich meinen Körper mochte und mich sinnlich und erotisch gefühlt habe. Aber mit fast elf Kilo mehr auf den Rippen als damals finde ich mich einfach nur *ürgs*.

Ürgs sollte auch im Wörterbuch stehen.

3

»Wenn ich es doch nur schaffen würde, mir den Finger in den Hals zu stecken. Ein bisschen Kotzen würde ja schon reichen. Danach würde das Kleid bestimmt passen«, jammere ich. Jay hat es diesmal tatsächlich geschafft, den Reißverschluss ganz hochzuziehen, aber es sitzt so eng, dass es unter meinem Busen einschneidet und meine speckigen Bauchrollen betont, die ich jetzt schon seit Monaten mit mir herumschleppe.

»Du hast doch garantiert noch was anderes, was du heute Abend anziehen kannst. Irgendwas Bequemes«, sagt Jay.

Ich ziehe den Bauch ein und halte die Luft an. »Das. Ist. Bequem«, stoße ich zwischen zusammengebissenen Zähnen hervor.

Jay lacht. »Du siehst aus, als hättest du Verstopfung. Wunderschön, aber schwer verstopft.«

Vor zwei Wochen habe ich den Reißverschluss keinen einzigen Zentimeter weit hochbekommen. Ich bin stolz, dass ich mein Ziel erreicht habe, aber auch wahnsinnig hungrig und schlecht gelaunt und hatte in den letzten beiden Tagen immer wieder kleine Nervenzusammenbrüche. Jay hat zwei davon live miterlebt.

»Tausend Dank, dass du mir geholfen hast«, sage ich. »Jetzt solltest du aber lieber gehen. Chase kommt gleich.«

Jay dreht sich sofort zur Tür. Die beiden vermeiden Zusammentreffen so gut wie möglich, weil die Stimmung jedes Mal extrem verkrampft ist.

Die Hand am Knauf der geöffneten Tür, dreht er sich noch mal um und schaut mich mit seinen warmen braunen Augen fast traurig an. »Wie geht es eigentlich weiter, falls das heute die Verlobung wird? Ziehst du dann hier aus?«

Obwohl Jay inzwischen zu einem meiner besten Freunde geworden ist, mache ich mir keine Illusionen. Weil Chase und er so gar nicht miteinander klarkommen, neigt sich unsere viele gemeinsame Zeit unweigerlich dem Ende zu. Ich kann mir nicht vorstellen, dass Chase begeistert wäre, wenn Jay die ganze Zeit bei uns abhängen würde, und so wie ich Jay kenne, käme er wahrscheinlich erst gar nicht zu Besuch.

Es macht mich wahnsinnig traurig, dass der Mann, mit dem ich den Rest meines Lebens verbringen möchte, und mein allerliebster Kollege und superguter Freund es nicht zusammen in einem Raum aushalten. Der Abend heute wird alles verändern (falls Chase mir einen Antrag macht): Ich bekomme einen Verlobten, verliere dadurch aber einen Freund.

Das ist nicht fair.

Jay schaut mich an, weil ich seine Frage noch nicht beantwortet habe. Als ich nur stumm nicke, presst er die Lippen zusammen und verzieht kurz das Gesicht, als hätte er damit gerechnet. Einen langen Moment sagt keiner von uns etwas, obwohl Jay irgendwie den Eindruck macht, als würde er etwas sagen wollen, das wichtiger ist als alles, was er jemals zu mir gesagt hat.

Und dann tut er es.

»Das ist der schlimmste Abend meines Lebens.« Seine Stimme ist so leise, dass ich ihn kaum verstehe. Als er rausgeht und die Tür hinter sich zuzieht, merke ich, wie Wut in mir hochkommt. Warum muss er so was sagen? Warum ausgerechnet heute?

Ich laufe zur Tür und reiße sie auf, aber statt Jay steht Chase vor mir und, verdammt, jetzt werde ich den ganzen Abend darüber nachdenken müssen, warum Jay das gesagt und was er damit gemeint hat.

Chase kommt einen Schritt ins Apartment und zieht anerkennend eine Augenbraue hoch. »Wow.« Er greift nach meiner Hand und wirbelt mich einmal im Kreis herum. »Was für ein wunderschönes Kleid.«

Ich streiche mit beiden Händen über meinen Körper.

»Leider ist es immer noch ein bisschen zu eng. Sehe ich lächerlich aus?«

Chase lässt seine Hände prüfend über meine Taille gleiten. »Nein, du siehst toll aus. Und im Restaurant ist sowieso schummrige Beleuchtung, da wird niemandem etwas auffallen.«

Es wird nicht ... auffallen? Meint er das ernst? Das ist absolut nicht die Reaktion, auf die ich gehofft hatte, aber Chase bekommt nichts von meiner Enttäuschung mit und schiebt sich an mir vorbei in die Küche.

Ich starre einen Moment irritiert auf die Tür, durch die Jay gerade verschwunden und Chase aufgetaucht ist, dann gehe ich ins Bad und versuche noch mal zu pinkeln. Ich muss so viel Ballast loswerden wie möglich.

*

Chase hat einen Tisch in einem italienischen Restaurant reserviert. Ich bin angespannt – zu angespannt, um zu protestieren, als er den Kellner, der einen Brotkorb auf den Tisch stellen will, mit einer Handbewegung wegschickt. Stattdessen schaue ich in die Karte und frage mich, was ich essen könnte, ohne fürchten zu müssen, dass es mir den Reißverschluss sprengt.

Ob Chase mir den Antrag – falls es heute passiert – wohl vor dem Essen macht? Oder versteckt er den Ring im

Dessert? Versenkt er ihn vielleicht am Grund eines Champagnerglases?

Als der Kellner wiederkommt, bestellt Chase für sich eine Minestrone und als Hauptgang Steak mit Broccoli.

Ich bestelle ... *bluääh* ... *ürgs* ... einen Salat.

Nachdem der Kellner mit unseren Speisekarten davongegangen ist, greift Chase über den Tisch hinweg nach meiner rechten Hand. »Zwei Jahre«, sagt er fast wehmütig.

Ich spüre, wie mir Wärme den Hals hinaufkriecht, und lächle, weil das wie die Einleitung zu einer kleinen Rede klingt. Vielleicht ist das jetzt der Moment.

»Jess«, sagt Chase. »Jessica ...« Er nimmt sein Champagnerglas, trinkt einen Schluck und räuspert sich. »Wir sind jetzt seit zwei Jahren zusammen. Unsere Beziehung hat in dieser Zeit sogar eine weltweite Pandemie überstanden und das ist wirklich eine Leistung. Eine Menge Paare haben den Lockdown nicht überlebt, aber wir sind noch da ... stärker als je zuvor.«

»Wir sind noch da.«

»Jessica ...« Er greift auch noch nach meiner linken Hand und reibt mit den Daumen über meine Finger. »Ich möchte dir einen Vorschlag machen, den du wahrscheinlich ein bisschen ... na ja, wie soll ich sagen ... ungewöhnlich finden wirst. Aber bitte hör mir erst mal zu, okay?«

Ich schlucke, weil die nervöse Vorfreude, die ich eben noch empfunden habe, in leichtes Unbehagen umschlägt.

Irgendwie hört sich das nicht mehr wirklich nach der Einleitung zu einem Heiratsantrag an.

»Du weißt, dass ich möchte, dass du eines Tages meine Frau wirst. Du weißt, dass ich mein Leben mit dir verbringen, Kinder mit dir haben und mit dir zusammen alt werden will.«

Okay ... vielleicht ist es doch einer.

»Mir ist klar geworden, dass du ein sehr schwieriges Jahr hinter dir hast und dass ich dich nicht genügend unterstützt habe.«

»Inwiefern?«, frage ich verwundert.

»Ich habe ein eigenes Fitnessstudio. Ich weiß alles über Sport und gesunde Ernährung, und trotzdem war ich nicht in der Weise für dich da, wie du es gebraucht hättest. Ich liebe dich. Ich liebe alles an dir, Jessica, aber ich habe auch ein schlechtes Gewissen, verstehst du? Weil ich nichts unternommen habe. Weil ich dir nicht alle Werkzeuge an die Hand gegeben habe, die du brauchst, um gesund zu bleiben. Ich muss mir vorwerfen, dich als dein Freund – als dein zukünftiger Verlobter – im Stich gelassen zu haben.«

Ich verstehe überhaupt nicht, worauf er hinauswill, und schüttle den Kopf, um ihm meine Verwirrung zu zeigen.

»Ich will dich heiraten, Jessica«, wiederholt Chase noch mal. »Eigentlich hatte ich geplant, dir heute einen Antrag zu machen. Aber dann ist mir eine bessere Idee gekommen. Wie wäre es, wenn wir den Abend nutzen, um zu besprechen, wie wir unsere Verlobung zu dem in jeder Hinsicht perfekten Lebensereignis machen können, das wir uns beide wünschen? Ich spüre, dass du nicht glücklich bist, Jessica. Die Pandemiezeit war hart für dich, und du hast dein Idealgewicht noch nicht wieder erreicht, das macht dir verständlicherweise zu schaffen. Mir auch. Ich fühle mich, als hätte ich versagt. Ich meine, was für ein Bild vermittle ich nach außen? Ich bin Fitnesstrainer. Aber wie soll ich meine Klienten von mir überzeugen, wenn ich offensichtlich nicht mal in der Lage bin, meine eigene Freundin dazu zu motivieren, regelmäßig Sport zu treiben und auf ihre Ernährung zu achten?«

Meine Hände werden feucht. Chase sagt noch mehr. Aus seinem Mund quellen Wörter, Wörter und noch mehr Wörter, aber ich höre nur das Dröhnen meines Herzschlags in den Ohren. Ich sinke langsam in meinem Stuhl zurück. Sacke in mich zusammen. Chase lässt meine Hände los, um wieder nach seinem Champagnerglas zu greifen. Er trinkt einen Schluck, gestikuliert. Ich sehe ihn sprechen, nehme aber nichts wahr als die kleinen Nadelstiche, die mir seine Worte versetzen. Die vielen Nadelstiche. Allein dass er behauptet, ich wäre nicht glücklich, weil ich nicht mein Idealgewicht hätte, ist ein Stich. Dabei stimmt das noch nicht mal, wie mir gerade klar wird. Mein Gewicht macht mich nur in Bezug auf ihn unglücklich. Es ist wirklich so. Wenn Chase nicht wäre, würde ich mir deswegen keinen Kopf machen.

Mit Jay fühle ich mich total wohl und bin vollkommen zufrieden mit meinem Äußeren. Unwohlsein steigt immer erst dann in mir auf, wenn ich daran denke, was Chase von meinem Gewicht hält.

Oh mein Gott ... was passiert hier gerade?

»Betrachte es einfach als meinen Antrag auf einen Antrag«, sagt Chase. »Ich will dich heiraten, das ist klar. Ich liebe dich. Aber ich mache mir Sorgen um deine Gesundheit und letztlich um deine Lebenserwartung. Ich finde, wir sollten uns ein gemeinsames Ziel setzen – dein Idealgewicht –, und unsere Verlobung wäre dann so etwas wie die Belohnung.«

Er macht sich Sorgen um meine ... *Lebenserwartung*?

Hat er das gerade wirklich gesagt?

Der Kellner kommt mit unserem Essen, aber Chase greift nicht nach Gabel und Messer, um in sein Steak zu schneiden, sondern sieht mich nur erwartungsvoll an. Ich habe keine Ahnung, was ich auf all das antworten soll. Ich brauche noch einen Moment, um zu verarbeiten, dass er mir gerade einen *Antrag auf einen Antrag* gemacht hat, den er mir dann machen wird, wenn ich mein Idealgewicht habe. Passiert das hier gerade wirklich? Habe ich allen Ernstes zwei Jahre meines Lebens mit einem Typen verbracht, der sich erst dann von ganzem Herzen für mich entscheiden kann, wenn mein Körpergewicht *seinen* Vorstellungen entspricht?

»Du verstehst das doch, Jessica? Du verstehst, worum es hier geht, oder?«

Ich bin so entgeistert, dass ich nur nicke. Ich weiß gerade nicht, wie ich ihm sagen soll, dass ich absolut verstehe, worum es ihm geht, aber anders, als er sich das vorstellt. Ich nicke, weil ich will, dass er endlich anfängt zu essen und aufhört zu reden. Seine Zunge ist ein Meißel und seine Stimme ein Hammer. Mit jedem Wort, das er sagt, schlägt er ein Stück von mir ab.

»Wir könnten uns einen Hund zulegen.« Er strahlt mich an. »Dann hättest du einen Grund, dich mehr zu bewegen.«

Noch ein Stück meines Selbstbewusstseins, das wegbricht. »Einen Hund. Ja.« Wow. Das ist mehr als ein Anschlag auf mein Selbstbewusstsein. Es ist ein Anschlag auf meinen Stolz, meine Selbstachtung, mein gutes Lebensgefühl. Hack, hack, hack.

Chase lächelt, als ich nicke, dann greift er nach seinem Besteck und schneidet in das Steak. Blut sickert heraus, und ich merke plötzlich, dass ich mir wünsche, es wäre Chase' Kopf, der da auf dem Teller liegt.

Ich nehme die Gabel in die Hand und starre auf meinen Salat. Meinen traurigen Salat. Heute ist unser Zweijähriges. Ich sollte einen Berg Pasta essen und zum Nachtisch Tiramisu, stattdessen sitze ich einem Typen gegenüber, der sich anmaßt, für den Rest meines Lebens über das zu urteilen, was ich an Essbarem zu mir nehme.

Wenn ich jetzt mit Jay hier wäre, würde er sich keine Gedanken über meine Lebenserwartung machen. Er würde ein Stück Brot aus dem Korb nehmen und anbieten, es für mich mit Butter zu bestreichen. Jay hatte noch nie irgendwas an meinem Äußeren auszusetzen und würde Kritik niemals als Sorge kaschieren.

Chase macht sich keine Sorgen um mich. Chase macht sich Sorgen um *sich*. Ihm ist meine Figur wichtiger als mein seelisches Wohlbefinden.

Das ist ein Problem. Aber was mich wirklich schockiert – oder mir vielmehr die Augen öffnet –, ist die Erkenntnis, dass ich dieses Zweijährige viel lieber mit meinem Nachbarn verbringen würde als mit meinem Freund. Meinem sieben Jahre jüngeren Nachbarn, den ich manchmal dabei ertappe, wie er mich anschaut, als wäre ich das Hübscheste, was er je gesehen hat. Meinem Nachbarn, der dieselben Interessen hat wie ich und mir noch nie das Gefühl gegeben hat, mich schämen zu müssen, weil ich so bin, wie ich bin, und erst recht nicht, weil ich nicht perfekt bin. Meinem Nachbarn, der mich nach einem harten Arbeitstag dazu ermuntert, mit ihm Pizza zu essen.

Der Kellner erscheint am Tisch, um unsere Gläser nachzufüllen. »Wären Sie so freundlich, mir etwas Brot zu bringen«, bitte ich ihn. »Und Butter.«

Er lächelt. »Kommt sofort.«

Chase, der sich gerade einen Bissen Steak in den Mund geschoben hat, hält inne und sieht mich mit schräg gelegtem Kopf an. Er setzt dazu an, etwas über Brot oder Kohlenhydrate oder meine Lebenserwartung zu sagen, aber ich komme ihm zuvor. »Halt einfach die Klappe, Chase.«

Chase ist so entgeistert, dass er laut nach Luft schnappt, dann hustet er. Er verzieht das Gesicht, als hätte er Schmerzen, und schlägt sich mit der Faust auf die Brust.

Offenbar hat er sich verschluckt.

Ja, genau. An meinen Worten. Und am Steak.

Chase schlägt sich noch heftiger auf den Brustkorb. Anscheinend steckt das Stück in der Luftröhre fest. Seine Augen weiten sich, und mir wird klar, dass er tatsächlich keine Luft bekommt.

Die Venen in seinem Hals treten hervor, aber das alles ist so surreal, dass es mir vorkommt wie eine Traumsequenz.

Mein Gott, Jessie, denke ich. *Tu was!*

Aber ich tue nichts. Ich sitze da, sehe, wie Chase' Gesicht sich rötet, und frage mich unwillkürlich, wie es wäre, wenn ich das Restaurant heute ohne ihn verlassen würde. Wie es wäre, wenn er wirklich ersticken und mit dem Gesicht voran zu Boden fallen würde.

Ich würde mir auf dem Heimweg ein Eis kaufen.

Als der Kellner mit dem Brotkorb kommt, deute ich auf

Chase und sage mit ruhiger Stimme: »Ich glaube, er bekommt keine Luft.«

Der Kellner dreht ihm den Kopf zu und erstarrt. Im nächsten Moment stürzt er auf Chase zu, der aufgesprungen ist, und schlingt von hinten die Arme um seinen Oberkörper. Chase schlägt panisch um sich, aber der Kellner drückt mit aller Kraft zu und bohrt seine Fäuste in Chase' Magen.

Ich nehme ein Stück Brot aus dem Korb. Es ist noch warm.

Weitere Mitarbeiter kommen angerannt. Chase' Gesicht ist schon blau angelaufen, als er plötzlich hustet. Das Fleischstück fliegt in hohem Bogen auf den Boden. Erleichtertes Aufseufzen ringsum.

»Alles okay, Sir?«, fragt der Kellner.

Chase umklammert röchelnd die Rückenlehne seines Stuhls, hustet. Er bebt am ganzen Körper, und als er sich vorbeugt, um nach seinem Wasserglas zu greifen, zittert seine Hand so sehr, dass der größte Teil davon auf den Tisch platscht. Den Rest stürzt Chase in einem Zug hinunter, dann setzt er sich. Die Kellner gehen, alle im Raum schauen uns an, aber Chase richtet seinen Blick auf mich.

»Scheiße, was war das eben, Jessica? Was stimmt nicht mit dir? Ich wäre fast erstickt.«

»Ja«, bestätige ich mit ausdrucksloser Stimme. »Es sah schlimm aus.«

»Ich hätte sterben können, und du sitzt einfach nur so da!«

Ich beiße von dem Brot ab. Es ist so lange her, dass ich das letzte Mal welches gegessen habe, ich habe ganz vergessen, wie gut es schmeckt. Wäre es unhöflich, vor Genuss laut zu stöhnen? Ich schlucke den Bissen herunter und trinke von meinem Champagner.

»Entschuldige, dass ich dir nicht geholfen habe«, sage ich. »Es war ... na ja, du hast keine Luft mehr bekommen, und ich habe gemerkt, dass der Gedanke, du könntest sterben, mich erleichtert hat. Ungefähr zehn Sekunden lang habe ich mich darauf gefreut, ein Leben zu leben, in dem ich nicht die absurden Standards erfüllen muss, an denen du mich misst.« Ich beuge mich vor und sehe ihn eindringlich an. »Ich mache mir Sorgen, dass ich dich eines Tages im Schlaf ermorden würde, wenn ich dich heirate, Chase.«

Er starrt mich an, als würde er mich nicht wiedererkennen.

»Ich meine es ernst. Ich merke, dass mir bei der Vorstellung, dir die Kehle durchzuschneiden, wohler ist als bei der, dich zu heiraten. Und ich habe das Gefühl, dass das ein echtes Alarmsignal ist. Ich glaube, wir sollten Schluss machen, Chase. Das ist besser für deine Lebenserwartung.« Ich stehe auf. Die Gäste um uns herum starren uns immer noch an. Ich drehe der Frau am Nebentisch den

Rücken zu und sehe sie über die Schulter an. »Könnten Sie meinen Reißverschluss etwas aufziehen?«, bitte ich sie. »Ich kriege in diesem verdammten Kleid keine Luft.«

Sie legt ihre Gabel auf den Teller. »Ja. Ja, natürlich.« Sie steht auf und tut es.

Ich atme erleichtert auf. Dann greife ich nach meiner Tasche und dem Brotkorb und gehe.

4

Auf dem Weg nach Hause esse ich das ganze Brot auf. Ich bin über eine Dreiviertelstunde unterwegs, aber ich gehe die ganze Strecke zu Fuß – nicht um fit zu bleiben, sondern weil ich Lust dazu habe und es für mich mache, für niemand anderen.

Als ich zu Hause angekommen bin, steuere ich den Aufzug an, obwohl ich keine schweren Tüten trage, sondern bloß meine Handtasche. Ich fahre Aufzug, weil ich Lust dazu habe und mich vor niemandem rechtfertigen oder Schuldgefühle haben muss.

Ich drücke auf den Knopf für den siebten Stock statt für den achten, und als die Tür zugeht, ziehe ich dieses verfluchte Kleid aus. Es ist mir egal, dass es von Nordstrom ist und die Hälfte von dem gekostet hat, was Chase sich als Monatsgehalt auszahlt. Als ich aussteige, lasse ich es im Aufzug liegen. Vielleicht freut sich ja jemand anderes darüber.

Nur in Spanx und BH gehe ich zu Jays Tür und klopfe.

Er sieht mich mit großen Augen an, als er öffnet, sagt aber nichts. Mein Anblick macht ihn anscheinend sprachlos.

»Kannst du mir ein Shirt leihen?«

Er zieht die Tür weiter auf. »Klar.« Ich gehe an ihm vorbei ins Schlafzimmer, nehme mir ein T-Shirt aus dem Schrank und ziehe es an. Dann streife ich die enge Spanx ab und werfe sie im Bad in den Mülleimer.

Als ich im T-Shirt wieder rauskomme, steht Jay im Wohnzimmer und sieht mich kopfschüttelnd an. »Was ...?« Er schüttelt wieder den Kopf. Offensichtlich ist er komplett überfordert.

»Stört dich unser Altersunterschied?«, frage ich.

Er runzelt die Stirn. »Wir sind bloß sieben Jahre auseinander, das ist ... nichts.«

»Für gute Freunde ist das nichts«, bestätige ich. »Aber ... rein hypothetisch gefragt ... angenommen eine Frau, die sieben Jahre älter ist als du, würde dir sagen, dass sie dich sehr toll findet, könntest du dir vorstellen, mit ihr zusammen zu sein?«

Jay schließt kurz die Augen, dann macht er ein paar Schritte auf mich zu. »Falls deine Frage darauf abzielt, ob ich trotz unseres Altersunterschiedes mit dir zusammen sein wollen würde, lautet meine Antwort ... meine hypothetische Antwort: Na klar. Natürlich würde ich das wollen. Ich bin seit drei Jahren in dich verliebt.«

Sein Geständnis raubt mir kurz den Atem. Sein »hypothetisches« Geständnis. Aber dann hole ich tief Luft, weil ich ein riesiges T-Shirt anhabe und frei atmen kann, statt mir in einem viel zu engen Kleid die Luftzufuhr abzuschnüren, um jemandem zu gefallen, der mir sagt, dass er mich liebt, während ich gleichzeitig begreife, dass ich ihn nicht liebe. Ich fühle mich leicht, als wäre eine riesige Last von mir abgefallen. Eine Last, die so viel wiegt wie Chase.

»Hat er dir einen Antrag gemacht?«, fragt Jay. Sein Blick flackert leicht, als wäre es ihm lieber, wenn das hypothetische Thema unserer Unterhaltung nicht mehr lange hypothetisch bleiben würde.

Ich schüttle den Kopf. »Nein. Ich hab während des Abendessens gemerkt, dass ich viel, viel lieber hier bei dir wäre. Und weißt du, warum? Wenn ich mit dir zusammen bin, kann ich ich selbst sein. Und – was noch viel wichtiger ist – ich mag mich so, wie ich in deiner Gegenwart bin.«

Jays Blick wird weich. Er sieht unendlich erleichtert aus. Im nächsten Moment streicht er mir sanft durch die Haare und lässt seine Hand in meinem Nacken liegen. Mir läuft es warm über den Rücken, als er mich ernst ansieht und sagt: »Wie kann es sein, dass der schlimmste Abend meines Lebens gerade zum besten Abend meines Lebens geworden ist?« Dann beugt er sich zu mir und küsst mich.

Das ist genau die Art von Kuss, die ich gebraucht habe ...

voller Gefühl und ganz ohne Urteile und Erwartungen, die mich verunsichern.

Jay umschlingt meine Taille und hebt mich hoch, weil er aber nicht annähernd so stark ist wie Chase, schaffen wir es nicht mal die paar Meter bis zur Couch, bevor er über den Teppich stolpert und das Gleichgewicht verliert.

Laut lachend landen wir nebeneinander auf dem Boden.

Ich weiß zwar nicht, wie das mit Jay und mir weitergehen wird, aber eins weiß ich genau: Heute Abend habe ich mich ent- und neu verliebt.

Diesmal in mich selbst.